Günter Huth
wurde 1949 geboren und lebt heute mit seiner Frau und drei Kindern in Würzburg. Er ist Rechtspfleger und Schriftsteller und verfasst seit 1988 auch Beiträge für den Kinderfunk des Bayerischen Fernsehens. Im Egmont Franz Schneider Verlag hat er zahlreiche Abenteuer- und Fußballbücher veröffentlicht.

09.10.

Günter Huth

CLUB PARADISO

Entführung auf See

©Buchagentur Ambach 1997 "Pumuckl" nach Ellis Kaut

von Jonas
für Luca

SCHNEIDER BUCH

Die Deutsche Bibliothek – CIP-Einheitsaufnahme

Club Paradiso. – München : Egmont Schneider, 1999

Bd. 1. Entführung auf See / Günter Huth. – 1999
ISBN 3-505-11119-8

Dieses Buch wurde auf chlorfreies, umweltfreundlich hergestelltes Papier gedruckt. Es entspricht den neuen Rechtschreibregeln.

Der Schneider Verlag im Internet:
http://www.schneiderbuch.de

Schleißheimer Straße 267, 80809 München
Nach einer Idee von Michael Czernich

Lektorat: Iris Praël
Umschlaggestaltung: Lüders & Baran, München
Titelbild: Thomas Thiemeyer
Herstellung/Satz: FIBO Lichtsatz GmbH, Unterhaching
Schrift: 11' Aldus
Druck: Presse-Druck, Augsburg
Bindung: Conzella Urban Meister, München-Dornach
ISBN 3-505-11119-8

99 00 / 8 7 6 5 4 3 2 1

INHALT

MALLORCA, WIR KOMMEN!

In einer schwungvollen Kurve fuhr Herr Heimberger den alten Kombi an den rechten Straßenrand vor dem Eingang des Flughafens und trat heftig auf die Bremse. „Leute, beeilt euch!", drängte er. „Wir sind verflixt spät dran. Außerdem stehe ich hier im Halteverbot." Hastig öffnete er die Wagentür.

Dabei behinderte er einen vorbeifahrenden Wagen, dessen Fahrer nur durch einen geistesgegenwärtigen Schlenker verhinderte, dass die Fahrertür des Kombis eine böse Schramme abbekam. Wütendes Hupen war die Folge.

Herr Heimberger winkte entschuldigend, dann hastete er zum Heck des Wagens und riss die Klappe auf.

„Papa, beeil dich!", rief seine zwölfjährige Tochter Jennifer, die ebenfalls ausgestiegen war und nun nervös neben dem Auto herumhüpfte. Ihr halblanges, dunkelblondes Haar wippte im

Takt. „Andrea denkt bestimmt schon, wir kommen nicht mehr."

Marko, ihr älterer Bruder, war nach einem Blick auf die große Zeitanzeige über dem Eingang etwas gelassener.

„Jetzt bleib mal ruhig, Jennifer. Bis zum Abflug sind es noch mehr als fünfundvierzig Minuten. Das schaffen wir schon. – Hier, vergiss deinen Fotoapparat nicht!" Er reichte seiner Schwester eine abgewetzte Fototasche aus Leder, die sich Jennifer sofort umhängte. Die alte Kamera war ihr ganzer Stolz, deshalb knipste sie bei jeder Gelegenheit damit herum.

Herr Heimberger holte die drall gefüllten Rucksäcke der beiden aus dem Kofferraum und stellte sie auf den Boden.

„Ihr wisst, dass ich nicht mit hineinkann. Mama ist alleine im Geschäft, und auf der Autobahn ist die Hölle los. Ich muss also gleich wieder weg. Ihr trefft Andrea, wie wir es mit ihr abgesprochen haben, am Meeting-Point. Sie hat auch eure Tickets." Er umarmte die Geschwister kurz und wünschte ihnen schöne Ferien. „Und macht mir keinen Unsinn auf Mallorca!", rief er ihnen noch beim Einsteigen nach, dann gab er schon wieder Gas, denn er wusste, dass seine Frau schon ungeduldig im *Tele-Treff* auf ihn wartete. Vor einigen Jahren hatten die beiden das Fachgeschäft für Telefone, Faxe und Elektrogeräte eröffnet.

Inzwischen liefen Marko und Jennifer, die Rucksäcke aufgeschnallt, in die Flughalle, wo ein großes Getümmel herrschte.

„Wo ist denn dieser blöde Treffpunkt?“, fragte Jennifer. Sie war furchtbar aufgeregt, weil sie unter Flugangst litt. Nervös wischte sie sich die feuchten Hände an ihrer kakifarbenen Hose ab. Die beiden seitlichen Beintaschen waren weit ausgebeult, denn Jennifer hatte allerlei Krimskrams darin verstaut: Kaugummis, ein kleines Klappmesser, sogar Fahrradflickzeug – man konnte ja nie wissen!

Marko schüttelte sich das dunkle Haar aus der Stirn. Dann deutete er auf eine große Hinweistafel, die hoch oben von der Decke herabhing. Die Aufschrift *Meeting-Point* und ein dicker Pfeil wiesen den Weg.

„Jetzt mach mal keinen Stress, Schwesterchen“, versuchte Marko Jennifer zu beruhigen. „Das klappt doch alles wie geschmiert!“

Sein cooles Gehabe brachte Jennifer erst recht auf die Palme. „Meinst du, ich kann nicht lesen?", gab sie spitz zurück und marschierte los. Manchmal konnten ältere Brüder ganz schön nerven ...

Der Treffpunkt war wirklich nicht zu übersehen. Dort hatten sich so viele Fluggäste versammelt, dass die Geschwister ihre Tante erst bemerkten, als sie heftig winkte.

Andrea Degener war die jüngere Schwester der Mutter der Geschwister und außerdem noch die Patentante der beiden. Sie hatte kurzes brünettes Haar, eine schlanke, sportliche Figur und, was den Geschwistern besonders gefiel, ein fröhliches Wesen. Sie war in fast allen Sportarten topfit, ganz besonders in der asiatischen Kampfsportart Taekwondo, was besonders Marko einigen Respekt abverlangte. Sie wollte Lehrerin werden. Vor kurzem hatte sie das erste Examen hinter sich gebracht. Nun wollte sie sich nach dem Prüfungsstress eine kleine Pause gönnen und dabei noch etwas Geld verdienen.

Deshalb hatte sie sich als Animateurin im *Club Paradiso* beworben, einem Ferienclub für Erwachsene und Kinder, den es in vielen Ländern gab. Man wohnte in gepflegten Häusern und Appartements, und es gab ein umfangreiches Freizeitangebot. Vor allem konnte man dort alle Arten von Wassersport treiben. Aber auch Reiten und Bogenschießen waren Teil des Programms. Die Gäste wurden während der ganzen Zeit von Animateurinnen und Animateuren betreut und unterhalten. Sie organisierten nicht nur die Sportkurse, sondern sorgten auch für Unterhaltung am Abend. Ihren ersten „Auftritt" als Animateurin würde Andrea jetzt im Club Cala Serena auf Mallorca haben.

„Da seid ihr ja endlich", begrüßte die junge Frau die Geschwister. Dabei ließ sie den Handwagen mit ihrem Koffer und ihrer Reisetasche jedoch nicht aus den Augen. „Ich dachte schon, eure Eltern hätten es sich im letzten Augenblick anders überlegt und den Laden geschlossen, damit sie mit euch wieder an den Gardasee fahren können." Sie zwinkerte Jennifer und Marko verschwörerisch zu.

Wie begeistert die beiden von den alljährlichen Campingferien waren, konnte man in ihren Gesichtern lesen.

Eine Zeit lang hatten die Geschwister diese Art Urlaub ja auch ganz cool gefunden. Aber in der letzten Zeit war ihnen das langweilige Campingleben ganz schön auf die Nerven gegangen! Deshalb waren Jennifer und Marko restlos begeistert gewesen, als Andrea ihnen bei ihrem letzten Besuch erzählt hatte, dass sie als Club-Angestellte nahen Verwandten und Freunden vergünstigten Urlaub ermöglichen konnte. Bis Jennifer und Marko dann tatsächlich nach Mallorca fliegen durften, mussten sie allerdings bei ihren Eltern harte Überzeugungsarbeit leisten.

Schließlich hatte den Geschwistern der Zufall geholfen: Die Urlaubsvertretung ihrer Eltern bekam eine schwere Grippe, sodass sie nicht verreisen konnten. Sonst hätten sie ihr Geschäft für die Dauer des Urlaubs schließen müssen.

Das Einchecken lief wie am Schnürchen. Andrea hatte die Flugtickets griffbereit. Das Gepäck wurde durchleuchtet, dann verschwand es auf einem Fließband. Nachdem die drei eine Schleuse passiert hatten, in der sie auf gefährliche Gegenstände hin überprüft wurden, betraten sie einen langen, ziehharmonikaähnlichen Gang, der wie ein riesiger Rüssel bis zur Tür des Flugzeugs reichte.

Im Inneren des Flugzeugs suchten Fluggäste ihre Plätze, verstauten ihr Handgepäck und richteten sich ein.

Eine halbe Stunde später befanden sie sich in der Luft. Der Flug verlief reibungslos; selbst Jennifer hatte ihre Flugangst bald überwunden und döste friedlich in ihrem Sitz. Kein Wunder, denn sie hatte vor lauter Reisefieber die ganze Nacht lang kein Auge zugemacht! Marko vertiefte sich in eine Computerzeitschrift.

Als sie sich schließlich Mallorca näherten, meldete sich der Flugkapitän zu Wort: „Meine Damen und Herren, in wenigen Minuten werden wir auf dem Flughafen von Palma landen. Bitte rücken Sie Ihre Lehne in eine aufrechte Sitzposition, stellen Sie das Rauchen ein und schnallen Sie sich an. Wir freuen uns, dass wir Sie auf dem Flug 309 der Pelikan Air Lines als unsere Gäste begrüßen durften. Wir wünschen Ihnen eine angenehmen Aufenthalt. Vielen Dank!"

Der Airbus legte sich sanft in eine leichte Rechtskurve und gab so Marko den Blick auf das spanische Festland frei.

„Ich dachte, Mallorca sei eine Insel", wunderte er sich, während er seine Nase gegen das Fenster drückte. „Da unten ist aber gar kein Wasser zu sehen."

Andrea lächelte. „Mallorca ist nicht weit vom

Festland entfernt", erklärte sie. „Der Pilot muss bereits jetzt mit dem Sinkflug beginnen, damit er in Palma ordnungsgemäß herunterkommt. Warte nur ab, du wirst gleich jede Menge Wasser zu sehen bekommen!"

Jennifer nestelte nervös an ihrem Sicherheitsgurt herum. Wenn sie die Landung nur schon überstanden hätte!

Einen Augenblick später stieß Marko einen Jubelschrei aus: „Hey, jetzt kann ich das Meer sehen!"

Andrea kramte in der Tasche und holte einen Kaugummi heraus. „Hier, nimm!", forderte sie Jennifer auf. „Wenn du während der Landung kaust, wird der Druck auf dein Trommelfell nicht so unangenehm." Dankbar nahm das Mädchen den Streifen an.

Der Pilot legte eine wahre Musterlandung hin. Es gab nur einen kleinen Ruck, als die Räder der Maschine mit einem lauten Quietschen auf der Landebahn aufsetzten.

„Du kannst Andreas Hand jetzt loslassen", neckte Marko seine kleine Schwester, die noch immer etwas verkrampft in ihrem Sessel saß.

Der Blick, den sie ihrem Bruder zuwarf, war vernichtend.

Während der Airbus zum Flugsteig rollte, begann in der voll besetzten Maschine bereits der große Aufbruch.

„Wie kommen wir eigentlich zum *Club Paradiso?*", fragte Jennifer, die froh war, wieder festen Boden unter den Füßen zu haben.

„Der Club hat einen eigenen Shuttle-Bus, der uns abholt", erklärte Andrea.

Etwas verloren standen sie wenig später in der Flughalle und hielten Ausschau nach Unbekannt. Da ertönte eine Lautsprecherdurchsage, die im Lärm der vielen Menschen in der Halle kaum zu verstehen war: „Mrs Degener, please contact the information-desk! Mrs Degener, please!"

Marko, der vor lauter Erstaunen darüber, dass er die englische Durchsage tatsächlich verstanden hatte, erst gar nicht reagiert hatte, zupfte Andrea am Arm. „Mrs Degener, du sollst zum Informationsschalter kommen."

Eilig schulterten die Neuankömmlinge ihr Gepäck und marschierten zum Schalter. Schon aus einiger Entfernung konnte Jennifer einen jungen Mann erkennen, der ein weißes T-Shirt trug und ihnen gerade den Rücken zuwandte. Auf dem Rückenteil seines Shirts war eine Palme vor einem Sonnenuntergang abgebildet. Darunter stand in großen Lettern: *Club Paradiso.*

Als sie sich dem Schalter näherten, drehte sich der junge Mann um. Er war schlank und groß, ungefähr so alt wie Andrea, hatte ein braun gebranntes Gesicht und ganz kurze, blonde Haare. Als er die drei auf sich zukommen sah, lächelte er.

„Hallo, ihr müsst Andrea, Jennifer und Marko sein." Er hatte einen skandinavischen Akzent, sprach aber gut Deutsch. „Ich bin Sven. Ich hoffe, ihr hattet einen guten Flug. – Wir müssen leider noch einen Augenblick warten. Es sind noch drei weitere Gäste angekommen, die wir mitnehmen müssen."

Wenig später näherten sich drei Personen mit Gepäckwagen dem Informationsschalter. Es handelte sich um einen Mann, eine Frau und einen Jungen, der ungefähr in Markos Alter war. Er schaute ziemlich finster drein – gar nicht wie jemand, der sich auf einen Urlaub freut. Seine lockigen schwarzen Haare hatte er mit Gel in Form gebracht.

„Hey, ich glaube, ich habe die drei dort vorhin beim Aussteigen aus dem Flugzeug gesehen", flüsterte Marko und knuffte seine Schwester in die Seite.

„Die sind bestimmt erster Klasse geflogen", meinte Jennifer. „Hinten bei uns saßen sie jedenfalls nicht."

Indessen hatte der Mann mit der Frau am Schalter ein paar Worte gewechselt. Diese deutete in Svens Richtung. Der Mann nickte kurz. Während er sich näherte, spähte er aufmerksam nach allen Seiten. Man hatte das Gefühl, dass ihm keine Bewegung in seiner Nähe entging. Auch die Frau, die etwas versetzt hinter dem Jungen lief, schien äußerst wachsam.

Eine merkwürdige Familie!, dachte Marko. Der Mann und die Frau waren für die sommerliche Temperatur viel zu warm gekleidet. Er hatte einen Anzug an, die Frau trug ein Kostüm. Beide trugen Sonnenbrillen.

„Hallo", grüßte der Fremde knapp. „Sind Sie der Fahrer vom *Club Paradiso?*" Er sprach mit deutlich südländischem Akzent.

Sven bejahte.

„Wann fahren wir?", fragte der Mann knapp, ohne sich vorzustellen.

„Wenn der Junge in Ihrer Begleitung der noch fehlende Gast Tino Rappata aus Idstein im Taunus ist", erwiderte Sven, „können wir sofort aufbrechen."

Der Mann im Anzug entgegnete trocken: „Dann darf ich also vorstellen: Das ist Tino Rappata, das Maria Agnoria, und ich heiße Remo Staggione." Er gab der Frau einen Wink. Daraufhin holte sie einen Gepäckwagen.

„Hi", erwiderte Sven unerschütterlich freundlich. Das Echo war allerdings dürftig. Der Junge verzog kaum eine Miene. Er streifte Jennifer und Marko mit einem kurzen Blick, dann schien sein Interesse an den anderen Clubgästen erloschen zu sein. Er wandte sich an die Frau in seiner Begleitung: „Ich möchte mir in Palma noch einige CDs kaufen, denn ich habe keine Lust, in diesem blöden Club ohne Musik zu versauern." Sein Deutsch war akzentfrei, seine Stimmung jedoch offenbar schlecht.

Die Frau warf ihrem männlichen Begleiter einen fragenden Blick zu. Die beiden schienen es gewohnt zu sein, sich wortlos zu verständigen.

Sven wollte gerade etwas sagen, als der Mann ihm zuvorkam. „Tut mir Leid, Tino, aber das geht nicht", erklärte er freundlich, aber bestimmt. „Ich möchte, dass wir so schnell wie möglich aus der Stadt herauskommen."

„Das interessiert mich nicht", erwiderte der Junge heftig und bekam einen roten Kopf. „Ihr habt mich keine CDs mitnehmen lassen, deshalb werde ich mir jetzt welche kaufen!" Man merkte, dass er es gewöhnt war, seinen Willen durchzusetzen.

Jetzt mischte sich Sven doch ein und schüttelte bedauernd den Kopf. „Ich kann leider in Palma keine Shoppingtour einschieben", erklärte er. „Wir haben aber im Club eine tolle CD-Sammlung. Da ist bestimmt auch etwas für deinen Geschmack dabei."

Tino sah ihn an, als käme er vom Mond. „Ich habe gesagt, dass ich meine eigenen CDs haben will. Ihr habt dort bestimmt bloß alten Mist, den ich nicht mag!"

Andrea befürchtete eine längere Diskussion und griff ein: „Ich habe vorhin im Vorübergehen gesehen, dass es dort in der Ecke der Ausgangshalle ein Geschäft mit Büchern und CDs gibt. Vielleicht findest du dort etwas. – Wenn ihr eine Dolmetscherin für Spanisch braucht, komme ich gerne mit."

Remo lehnte dankend ab. „Maria und ich

sprechen die hiesige Landessprache. Das ist kein Problem."

Tino zeigte sich gnädig einverstanden. Während er und seine beiden Begleiter in Richtung Musikladen marschierten, ging Sven hinaus, um schon mal das Gepäck einzuladen. Andrea und die Geschwister folgten ihm.

„Das ist vielleicht ein unangenehmer Typ", stellte Jennifer fest.

„Und so etwas macht mit uns im selben Club Urlaub!", stöhnte Marko. „Ich habe jetzt schon von diesem verwöhnten Bubi die Nase voll. Und dazu diese Maria und dieser Remo. Könnt ihr mir erklären, wie die drei zusammenpassen? Das ist doch ein merkwürdiges Gespann. Sie sind sicher nicht seine Eltern. Er behandelt sie ja wie Diener."

„Da hast du Recht", pflichtete Andrea ihm bei. „Sven, hast du eine Ahnung, was das für Leute sind?"

Mittlerweile hatten sie den Parkplatz erreicht. Sven zuckte mit den Schultern. „Mir wurde nur gesagt, dass Tino besonders aufmerksam zu betreuen sei. Sein Vater stammt aus Italien und ist angeblich ein bedeutender Manager in der deutschen Autoindustrie. Er möchte, dass sein Sohn bei uns im Club Kontakt zu anderen Jugendlichen seines Alters bekommt. Er hat unseren Club ausgesucht, weil er glaubt, dass Tino dort besonders sicher ist. Wobei ich nicht sagen kann, *wovor* er in Sicherheit gebracht werden soll. Wahrscheinlich haben reiche Leute immer irgendwie Angst, dass ihren Kindern etwas geschehen könnte. Remo und Maria sind wohl die Betreuer des Jungen. Wahrscheinlich sollen sie ihn auch beschützen."

„Wenn er so leben muss, wundert es mich nicht, dass keiner mit ihm befreundet sein will", meinte Marko.

„Über Tino müsst ihr euch, glaube ich, nicht allzu viele Gedanken machen. Er hat sicher alles, was er braucht", meinte Sven und wandte sich dann Andrea zu. „Ich finde es ganz toll, dass du jetzt unser Team verstärkst. Wir sind nämlich etwas knapp mit Personal, weil letzte Woche zwei Kolleginnen ganz plötzlich abgesprungen sind. Wir sind während der Ferienzeit immer völlig ausgebucht. Da gibt es keine ruhige Minute."

Bei dem Shuttle-Bus handelte es sich um einen achtsitzigen weißen Ford, auf dessen Außenwand das Emblem des *Club Paradiso* abgebildet war.

Die Luft im Fahrzeuginneren war heiß und stickig.

„Gleich wird es kühler werden", versprach Sven. „Zu dieser Jahreszeit ist es auf der Insel sehr warm. Aber tröstet euch, am Meer kann man es gut aushalten! Dort weht ständig eine erfrischende Brise."

Die Geduld der Wartenden wurde arg strapaziert. Es dauerte fast vierzig Minuten, bis Tino, mit seinen beiden Begleitern im Schlepptau, über den Parkplatz geschlendert kam. In der Hand trug er eine große Plastiktüte. Anscheinend hatte er gefunden, was er gesucht hatte, denn seine Laune war sichtlich besser.

„Kannst du verstehen, warum Maria und Remo bei dieser Hitze ihre Jacken nicht ausziehen?", wunderte sich Marko. „Die müssen doch schwitzen wie in der Sauna!"

Jennifer zuckte mit den Schultern. Sie holte ihre Kamera heraus und begann damit, die richtigen Einstellungen vorzunehmen. „Könnt ihr euch bitte mal zusammenstellen", bat sie, als sie fertig war, und spähte durch die Linse des Apparats.

„Nein, bitte nicht!", sagte Remo ernst. Schon war er bei Jennifer und legte seine Hand auf das Objektiv.

„Ich wollte doch nur ein Erinnerungsfoto schießen", beschwichtigte ihn das Mädchen.

Remo merkte, dass er zu heftig reagiert hatte, und bemühte sich hastig um eine Erklärung. „Entschuldige bitte, aber wir möchten nicht, dass wir fotografiert werden. Aus Sicherheitsgründen. – Aber du kannst mir den Apparat geben, dann kannst du dich mit dazustellen."

Jennifer zögerte. Sie gab ihr geliebtes Stück nur ungern aus der Hand. Schon gar nicht einem so seltsamen Typen wie Remo. Schließlich gab sie sich jedoch einen Ruck, und Remo schoss ein Foto von Andrea und den Geschwistern.

Dann wandte er sich an Sven: „Bevor wir einsteigen, möchten wir noch den Shuttle kontrollieren."

Der junge Mann sah Remo verwundert an.

„Wir haben den Bus erst vor ein paar Tagen durchchecken lassen. Er ist technisch hundertprozentig okay."

„Trotzdem", beharrte Remo. „Wir möchten nur ausschließen, dass wir während der Fahrt unangenehme Überraschungen erleben. – Es dauert auch nicht lange."

Andrea und die Geschwister suchten Blickkontakt. Was sollte das alles? Die beiden führten sich auf wie Polizisten, die einen Gefangenen transportierten: keine Fotos, Kontrolle des Fahrzeugs. Fast wie in einem amerikanischen Krimi, dachte Marko.

Tino hingegen schien sich über das Verhalten seiner Begleiter in keiner Weise zu wundern. Gelangweilt lehnte er am Bus und studierte die Beilagen seiner CDs.

Remo und Maria begannen sofort mit der Überprüfung: Routiniert suchten sie den Kofferraum ab, die Fahrgastzelle und die Winkel unter dem Armaturenbrett. Erst nachdem Remo auch den Motorraum kontrolliert hatte, gab er den Wartenden ein Zeichen.

„Kapierst du das?", fragte Jennifer ihren Bruder mit gesenkter Stimme. Sie hielt das Sicherheitsgetue der beiden für reichlich übertrieben.

Der zog sie ein wenig beiseite und flüsterte: „Hier ist etwas oberfaul. Als Remo sich unter das Armaturenbrett gebeugt hat, konnte ich unter seiner Jacke ein Pistolenhalfter erkennen."

„Bist du sicher?", entgegnete ihm Jennifer betroffen.

„Todsicher", antwortete Marko.

„Das würde auch erklären, warum er seine Jacke niemals auszieht", überlegte das Mädchen. „Sicher hat Maria auch so ein Ding. – Was sollen wir jetzt machen?"

Der Junge kaute nervös auf seiner Unterlippe. „Im Moment gar nichts, denke ich. Ich kann mir nicht vorstellen, dass die beiden ihre Waffen illegal tragen. Sie wären damit niemals durch die Kontrollen gekommen. Du hast doch gesehen, wie sie uns durchgecheckt haben. Das bedeutet, die beiden haben einen Waffenschein. – Wenn du mich fragst, hat Sven Recht. Die beiden sind Tinos Bodyguards."

Jennifer zog die Augenbrauen in die Höhe. Sie fragte sich, wozu ein dreizehnjähriger Junge Leibwächter brauchte.

Endlich konnten sie einsteigen. Tino musste zwischen Remo und Maria auf der mittleren Sitzreihe Platz nehmen.

Jennifer und Marko verzogen sich sofort nach hinten, weil sie dort für sich allein waren. Andrea nahm auf dem Beifahrersitz Platz.

Die Fahrt durch Palma war abenteuerlich.

Mehr als einmal hielt Marko die Luft an, weil er dachte, es würde gleich einen Zusammenstoß geben. Sven ließ sich jedoch offensichtlich von der allgemein verbreiteten, chaotischen Fahrweise nicht sonderlich beeindrucken.

Bald kamen sie in die Randbezirke der Stadt, und der Verkehr wurde erträglicher. Sie folgten nun der C717, die sie zur Südostküste bringen würde.

„Wie weit ist es denn noch bis zum Club?", rief Jennifer nach vorne.

„Von Palma aus sind es ungefähr vierzig Kilometer bis Portopetro in der Cala d'Or", erklärte er lautstark, um den Motorenlärm zu übertönen. „Das ist die nächstgelegene Ortschaft vom Club aus. Von der Cala d'Or – *Cala* heißt ‚Bucht' – sind es noch ungefähr zwei Kilometer bis zur Cala Serena. Dort liegt unser Camp."

Marko fiel auf, dass sich Remo während der Fahrt immer wieder umdrehte und die Fahrbahn hinter ihnen beobachtete. Was war los? Befürchtete er, dass sie verfolgt wurden?

Plötzlich legte der Mann Sven von hinten die Hand auf die Schulter und sagte in befehlendem Ton: „Fahr bitte rechts an die Seite und halte an!"

Sven blickte fragend, schwieg aber. Schließlich hatte man ihm ja gesagt, dass er auf diese Gäste besondere Rücksicht nehmen sollte. Er blinkte und rollte am Fahrbahnrand aus.

Da wurden sie auch schon von einem dunklen Auto überholt, das mit hoher Geschwindigkeit an ihnen vorbeibrauste. Jennifer bemerkte, dass es ein italienisches Autokennzeichen hatte.

Remo hatte seine Sonnenbrille abgenommen und starrte dem Wagen hinterher. Maria zog sofort einen kleinen Block aus der Tasche und notierte sich das Kennzeichen.

Als der Wagen außer Sichtweite war, holte Remo ein Handy aus der Brusttasche und wählte eine lange Nummer. Dann begann er, Italienisch zu sprechen.

Jennifer und Marko hatten am Gardasee einige Brocken italienischer Umgangssprache gelernt, verstanden jetzt allerdings kein Wort, da der Mann offenbar stark Dialekt sprach.

Andrea, die aufgrund ihres Studiums Italienisch fließend beherrschte, runzelte verwundert die Stirn. Offenbar hatte auch sie Probleme, das Gesagte zu verstehen. Aber nachdem Remo das Autokennzeichen durchgegeben hatte, war klar, dass dessen Gesprächspartner wohl die Autonummer überprüfen sollte.

Tino saß währenddessen gelangweilt auf seinem Platz und tat so, als ginge ihn das alles gar nichts an.

Remo beendete das Gespräch und gab das Signal zum Weiterfahren.

Wenig später sahen sie vor sich auf der Straße das dunkle Auto stehen, das sie kurz zuvor überholt hatte. Remo beugte sich nach vorne und spähte zwischen Fahrer und Beifahrerin durch die Windschutzscheibe. Dann befahl er hastig: „Los, gib Gas! Wir müssen schnell vorbei!"

Etwa zweihundert Meter vor dem geparkten Fahrzeug trat Sven den Gashebel bis zum Anschlag durch. Es kam ihm langsam so vor, als spiele er in einem Kriminalfilm mit. Schwerfällig beschleunigte der Bus.

Marko und Jennifer machten große Augen, als Remo und Maria Tino plötzlich von der Bank in den Fußraum vor ihren Sitzen schoben und ihre Waffen zogen. Soweit Marko erkennen konnte, handelte es sich um großkalibrige Revolver. Fast gleichzeitig öffneten sie die Seitenfenster des Shuttles.

„Geht in Deckung!“, rief Remo nach hinten zu Jennifer und Marko und winkte heftig.

In diesem Augenblick ging die Fahrertür des geparkten Wagens auf und ein Mann kam heraus. Er trat ein Stück auf die Fahrbahn hinaus und winkte.

„Die haben wahrscheinlich nur eine Panne“, meinte Sven.

„Egal“, sagte Remo in einem Ton, als dulde er keinen Widerspruch, „wir fahren vorbei!“

Jennifer und Marko duckten sich in die Polster. Sie spürten, dass Sven Vollgas gab. Das ganze Fahrzeug vibrierte.

Die beiden Geschwister verharrten in der unbequemen Stellung. Der Schweiß rann ihnen über die Stirn. Jeden Augenblick erwarteten sie, einen Schuss zu hören. Doch es blieb ruhig. Nach einer Weile nahm Sven den Fuß vom Gas.

„Ihr könnt wieder hochkommen“, sagte Remo ruhig.

Von dem italienischen Fahrzeug war nichts mehr zu sehen.

Remo entschuldigte sich. „Das war wahrscheinlich doch nur ein harmloses Pannenfahrzeug. Aber in Tinos Interesse können wir kein

Risiko eingehen." Weshalb Gefahr bestand, erklärte er allerdings nicht.

Tino schwieg zu all dem. Angst war ihm nicht anzumerken. Er spähte jetzt nur häufiger aus dem Fenster und auch nach hinten.

Ist er wirklich so cool, wie er tut?, fragte sich Jennifer.

Es dauerte einige Zeit, dann wurde die Fahrbahn schmaler, und der Verkehr verringerte sich deutlich. Die Straße verlief über einen Hügel.

Sven bremste und deutete auf eine kleine Reihe von Häusern, die am Horizont aufgetaucht waren.

„Meine Herrschaften, da vorne ist Portopetro. In wenigen Minuten sind wir im Paradies."

LEBEN WIE DIE FILMSTARS?

Im Ort herrschte nur wenig Verkehr, denn es war Mittagsruhe. Da das Dorf an einen zum Meer hin sanft abfallenden Hang gebaut war, eröffnete sich den Neuankömmlingen, nachdem sie eine Hügelkuppe passiert hatten, plötzlich ein atemberaubender Ausblick aufs Wasser.

Ein kleiner Hafen wurde durch zwei Molen vom offenen Meer abgegrenzt. Auf der einen Seite lagen einige Fischerboote. Auf der gegenüberliegenden Seite waren Freizeitboote festgemacht.

„Guck mal, da draußen sind Segelboote!“, rief Jennifer.

Tino ließ sich von der Begeisterung der anderen nicht anstecken. Schweigend sah er aus dem Fenster. Maria und Remo spähten aufmerksam hinaus, als könnte hinter jedem Baum und jedem Haus ein Angreifer stecken.

Die Fahrbahn folgte nun dem Hang parallel zum Meer. Ein wenig später bogen sie in eine Seitenstraße ab. Links von der Straße stand die Eingangstafel des *Club Paradiso.*

Sie fuhren durch das Tor in ein eingezäuntes Areal. Schlagartig veränderte sich die Umgebung. Gepflegter Rasen und Baumgruppen prägten das Bild. Im Hintergrund konnten sie mehrere Tennisplätze sehen, die jetzt verlassen in der Mittagsglut lagen.

Sven fuhr jetzt ganz langsam, damit sie die Anlage genau sehen konnten.

„Was ist das da vorne?", fragte Marko mit einem Blick auf die Häuser, die in der Nähe der Tennisplätze hinter den zahlreichen Aleppokiefern und Olivenbäumen sichtbar wurden.

„Das ist die eigentliche Wohnanlage mit den Appartements, den Clubräumen, dem Fitnesscenter und allem, was sonst noch dazugehört. – Wir sind gleich da."

Als sie näher kamen, sahen sie, dass sich die weiß gestrichenen, zweistöckigen Häuser ähnlich wie die Lehmbauten amerikanischer Puebloindianer terrassenförmig aneinander reihten. Die ebenerdigen Wohnungen hatten einen kleinen Vorgarten, der mit Blumen bepflanzt war. Die jeweils darüber liegenden Appartements hatten einen Balkon, der über eine bequeme Treppe von außen zu erreichen war und offenbar zugleich als Eingang diente. Von den Balkons rankten sich grüne Hängepflanzen bis zur Erde hinunter.

Einige Gäste in Badeanzügen mit Badetüchern über den Schultern schlenderten über die gepflegten Kieswege.

In diesem friedlichen Augenblick ertönte das Klingeln eines Handys. Alle zuckten zusammen. Remo griff in seine Brusttasche und meldete sich mit „Pronto". Er lauschte einige Zeit, dann gab er noch ein knappes „Grazie" von sich, und das Gespräch war beendet. Dann informierte er Maria: „Der Wagen war sauber." Offenbar meinte er damit das mysteriöse Fahrzeug, das sie auf der Herfahrt gesehen hatten.

Seine Kollegin nickte und entspannte sich etwas.

Sven steuerte den Wagen hinter die Wohnanlage. „Die Häuser, die ihr gesehen habt, sind alle für unsere Gäste", erklärte er. „Wir Animateure wohnen nach hinten heraus. Aber ihr dürft nicht denken, dass wir deshalb schlecht untergebracht sind", meinte er zu

Andrea gewandt. „Wir haben alle geräumige Zwei-Bett-Zimmer. Die meiste Zeit sind wir sowieso nicht auf unseren Zimmern, sondern mit den Gästen beschäftigt."

„Und wo schlafen wir?", fragte Jennifer. Ihrem Ton war anzumerken, dass sie keine große Lust hatte, mit irgendjemand ein Zimmer zu teilen.

„Das ist schon geregelt", erklärte Sven. „Nelly, unsere Chefin, wird euch alles erklären."

Sie kamen vor einem einstöckigen Flachbau zum Stehen. Sven zog die Handbremse fest, dann riss er die Fahrertür auf.

In diesem Augenblick ging die Tür des Gebäudes auf, und eine Frau kam heraus. Als sie die Ankömmlinge sah, winkte sie freundlich und kam herbeigelaufen.

„Hallo, herzlich willkommen im *Club Paradiso* Cala Serena", rief sie und schüttelte Andrea die Hand. „Ich bin Nelly, die Club-Managerin. – Und das müssen Marko und Jennifer sein." Sie winkte den beiden zu. Dann wandte sie sich an Remo und Maria. „Ihr seid die Begleiter von Tino Rappata?", fragte sie. „Und du bist sicher Tino. Am besten kommen die Erwachsenen gleich mit mir in mein Büro, damit wir die Formalitäten hinter uns bringen", schlug sie vor. „Ihr Kids könnt ja so lange hier warten. Schaut euch doch schon ein wenig um. Es dauert nicht lange."

„Tino kommt mit herein", widersprach Remo.

„Oh Mann", schimpfte der Junge. Niemand hatte bei so viel Schweigsamkeit mit einem Wutanfall gerechnet. „Kann ich denn keinen Schritt machen, ohne dass ihr mir auf der Pelle hängt! Hier im Club bin ich doch sowieso eingesperrt wie im Knast."

„Tino, bitte", sagte Maria und legte dem Jungen die Hand auf die Schulter. „Es dauert doch nicht lange."

Mit finsterer Miene stapfte er ins Haus.

Sven, Andrea und die Geschwister konnten nur noch staunen: Warum nur wurde wegen diesem Jungen so ein Theater veranstaltet? Es schien tatsächlich so, als dürfe er keinen Schritt ohne seine Begleiter tun.

Die Managerin wirkte unbeeindruckt. „Sven, du könntest Marko und Jennifer schon mal ihr Appartement zeigen", schlug sie vor. „Du weißt doch, Appartement 111 in Villa Ponderosa."

„Ihr habt Glück", meinte Sven, während er

den Geschwistern auf dem Kiesweg vorausging, der zur Vorderseite der Wohnanlage führte. „Wir sind eigentlich voll ausgebucht, aber euer Appartement musste vor kurzem renoviert werden, weil ein Gast einen Zimmerbrand entfacht hat. Es ist erst gestern fertig geworden. Deshalb ist es nicht vermietet. Da könnt ihr wohnen wie die Filmstars."

„Wo ist eigentlich der Swimming-Pool?", fragte Jennifer.

„Wenn ihr diesem Weg nach rechts folgt, könnt ihr ihn gar nicht verfehlen."

Wenig später standen sie vor der Villa Ponderosa.

„Das Appartement 111 liegt unten", erklärte Sven. „Ihr könnt also direkt vom Weg aus hineingehen." Dann griff er in die Hosentasche und holte zwei Schlüssel heraus, die an Schlüsselanhängern in Form einer Palme befestigt waren. „Für jeden von euch ein Schlüssel", erklärte er. „Damit seid ihr unabhängig."

„Cool!", rief Marko, als Sven die Vorhänge im Wohnzimmer beiseite schob. Auch Jennifer war begeistert von ihrem neuen Luxusappartement. In dem hellen Raum gab es viele Topfpflanzen, die Möbel waren hell. Auf einem

Tischchen in der Ecke stand ein großer Fernseher, und auf einem Sideboard entdeckte Marko sofort mit Kennerblick eine leistungsstarke Stereoanlage.

Schnell waren die Schlafzimmer aufgeteilt. Marko war mit dem kleineren der beiden Schlafräume vollauf zufrieden, denn wenn man den TV-Tisch vor die Tür schob, konnte man vom Bett aus fernsehen. Diese luxuriöse Möglichkeit hatte Marko sofort erkannt.

„Das Badezimmer hat übrigens einen Whirlpool“, erklärte Sven, der sich sichtlich über die Begeisterung der Geschwister freute. Nach einer Weile blickte er auf seine Uhr. „Ich muss euch jetzt alleine lassen, denn ich habe in zehn Minuten meinen Tauchkurs. – Ihr kommt doch klar? Packt erst mal in Ruhe aus. Andrea kommt bestimmt bald. – Ciao, wir sehen uns!“, rief er und war auch schon zur Tür hinaus.

Marko ließ sich auf die Couch im Wohnraum fallen.

„Hey, nicht übel. Das ist etwas anderes, als das Zelt am Gardasee, die klapprigen Campingstühle und das Gequatsche der Zeltnachbarn.“

Da rief Jennifer, die gleich ins Bad gestürmt

war, durch die geöffnete Tür: „Marko, kommst du mal?“

Gut gelaunt stemmte sich der Junge aus den Polstern und schlenderte ins Bad.

Seine Schwester stand am Waschbecken und drehte verzweifelt am Wasserhahn herum. „Da tut sich nichts“, verkündete sie. „Nicht ein Tropfen Wasser kommt raus.“

Auch Marko hatte mit seinen Drehversuchen keinen Erfolg. „Die haben doch alles neu hergerichtet“, meinte er. „Wahrscheinlich ist das Wasser noch abgestellt.“ Er bückte sich und öffnete den Unterschrank, in den die Waschbecken eingelassen waren. „Normalerweise gibt es unter solchen Waschbecken immer einen Hahn, mit dem man das Wasser abstellen kann“, belehrte er Jennifer, die skeptisch die Stirn runzelte. Er kniete sich hin und verschwand mit dem Kopf im Schrank. „Wie ich gesagt habe“, hallte es dumpf aus dem Möbel, „hier ist das Ding. Gleich werden wir Wasser haben.“ Er begann zu drehen.

Jennifer, die erwartungsvoll auf den noch immer geöffneten Wasserhahn starrte, hörte auf einmal aus dem Inneren des Schränkchens einen Wutschrei, dem saftige Flüche folgten.

Als Marko gleich darauf wie von einer Wespe gestochen unter dem Becken hervorschnellte, folgte ihm ein starker Strahl, der im Nu das Badezimmer unter Wasser setzte.

„Mein Gott, was ist denn hier los?“, rief Andrea, die gerade eingetreten war.

„Ich hab gar nichts gemacht“, beteuerte Marko, während er sein Gesicht trocknete. „Das Wasser lief nicht, da habe ich einfach den Abstellhahn geöffnet. Plötzlich hatte ich das ganze Teil in der Hand!“

„Wie müssen was unternehmen“, zeterte Jennifer, deren Hosenbeine schon zur Hälfte durchnässt waren.

„Da muss schnell ein Handwerker her“, meinte Andrea nach Untersuchung des Hahns, „das kriegen wir alleine nicht hin.“ Sie ging zum Telefon, um einen Installateur zu bestellen. „Es kommt gleich jemand“, beruhigte sie die Geschwister.

Das Wasser lief mittlerweile unaufhörlich weiter. Zum Glück war der Boden nicht ganz eben, und die Flut ergoss sich deshalb in den ebenerdigen Whirlpool.

Während sie mit ein paar Handtüchern notdürftig den Boden wischten, war Andrea sehr schweigsam. „Was ist los? Hat dich die Managerin geärgert? Du wirkst so bedrückt", fragte Marko ohne Umschweife. „Oder ist es die Sache mit dem Wasserhahn?"

Andrea winkte ab. „Nein, nein, das ist es nicht. Ich kann jetzt nicht darüber reden. Aber heute Abend werdet ihr mehr erfahren."

„Geht es um Tino?", bohrte Marko weiter.

Andrea nickte. „Ja, aber wartet bitte bis heute Abend, okay? – Und bis dahin könnt ihr eine Menge unternehmen. Alle Kinder und Jugendlichen sind hier nämlich je nach Alter in einer besondern Gruppe, die von zwei Animateuren betreut wird. Ihr gehört zu den so genannten *Seeteufeln.* Ihr könntet einen Tauchkurs machen oder Surfen lernen. Es wird aber auch ein Kurs im Bogenschießen angeboten. Da ist doch bestimmt etwas für euch dabei! Und darüber hinaus bleibt immer noch genügend Zeit, auf der faulen Haut zu liegen."

„Bogenschießen wäre toll", jubelte Marko.

„Ich würde lieber beim Tauchen mitmachen", verkündete Jennifer. „Können wir heute schon mit den Kursen anfangen?"

Andrea wischte sich eine Haarsträhne aus der Stirn. „Na ja, so genau weiß ich auch noch nicht Bescheid", erklärte sie, „aber Nelly hat gesagt, dass heute Abend eine Besprechung der Animateure stattfindet. Da werde ich dann erfahren, wie hier alles läuft. Solange könnt ihr bestimmt noch warten, oder?"

„Dann schlage ich vor, dass wir zuerst einmal in den Swimmingpool springen", schlug Marko vor. „Ein bisschen Abkühlung kann auf keinen Fall schaden. Auspacken können wir später auch noch."

Jennifer war einverstanden.

Als die beiden das Appartement verließen, blieb Andrea zurück, weil gerade der Handwerker kam.

TINOS EXTRATOUREN

Der Pool hatte die Form einer schiefen Birne. Als die Geschwister, ausgerüstet mit Badetasche, Handtüchern und Sonnencreme dort auftauchten, herrschte bereits Hochbetrieb. Nur drei Liegen waren frei.

„Prima“, brummte Marko, „ich hätte echt keine Lust gehabt, mich ohne Luftmatratze auf die harten Fliesen am Rande des Schwimmbeckens zu legen. – Komm, beeilen wir uns, sonst sind die Plätze auch gleich weg.“

Als sie sich der schattigen Oase näherten, stellten sie jedoch fest, dass auch auf den freien Liegestühlen Handtücher lagen. Genervt ließ Jennifer ihre Badetasche auf den Boden plumpsen.

Auf einmal bekam sie von hinten einen kräftigen Wasserschwall ab. Sie stieß einen schrillen Schrei aus und wollte schon auf ihren Bruder losgehen, als sie bemerkte, dass Marko völlig verdutzt auf der anderen Seite der Liege stand, weit weg vom Wasser. Er konnte also nicht der Übeltäter sein.

Die Auflösung des Rätsels ließ nicht lange auf sich warten: Ein Junge hing mit den Armen am Rand des Beckens und musterte Jennifer feindlich.

„Das sind meine Liegen, dass ihr's wisst", meckerte Tino.

Jennifer hatte den Jungen wegen der nassen Haare nicht gleich erkannt. „Wie kommst du darauf, dass das deine Liegen sind?", gab sie schnippisch zurück. „Wieso brauchst du überhaupt drei? Es genügt dir doch eine. Die anderen zwei können doch wir haben!"

Statt einer Antwort stieß sich der Junge mit den Handflächen ab und sprang aus dem Wasser. Mit einem coolen Schwung schüttelte er sich die nassen Haare aus dem Gesicht. Dann baute er sich vor Jennifer auf und erklärte mit erhobener Stimme: „Wenn ich sage, dass das meine Plätze sind, dann sind das meine Plätze! Sucht euch gefälligst andere Liegen!" Er schob sich bedrohlich nahe an Jennifer heran.

Doch die dachte gar nicht daran, sich einschüchtern zu lassen. „Wenn du eine Liege reservieren willst, dann ist das okay. Drei sind wohl etwas *Café Größenwahn*. – Hau bloß ab!", fauchte sie und kehrte ihm den Rücken zu.

Mit dieser Reaktion hatte Tino offenbar nicht gerechnet. Zuerst sah er ziemlich belämmert drein, dann bekam er einen roten Kopf. Selbstverständlich hatte er bemerkt, dass einige andere Clubgäste in der Nähe auf den Streit aufmerksam geworden waren und neugierig herübersahen. Da durfte er sich natürlich nicht blamieren.

Kurz entschlossen packte er Jennifer an der Schulter und wirbelte sie herum.

Da aber riss bei Marko der Faden. Mit ein paar Sätzen war er bei seiner Schwester.

„Nimm deine Pfoten weg!", zischte er. „Du glaubst wohl, du bist hier der King. Zieh bloß Leine, sonst gibt es Ärger!"

Aber Tino kam jetzt erst richtig in Fahrt. Wortlos versetzte er Marko einen so heftigen Stoß, dass der auf die Liege hinter sich fiel.

Jetzt schritt Jennifer ein. Dieser Blödian ging ihr gewaltig auf die Nerven! Sie rempelte Tino von der Seite an. Der verlor das Gleichgewicht, taumelte und knallte mit einem heftigen Platscher ins Schwimmbecken.

In diesem Augenblick trat Remo auf den Plan. Woher er gekommen war, konnten die beiden nicht mehr sagen. Plötzlich stand er neben den Geschwistern am Pool. Er trug jetzt Shorts und darüber ein weites Hawaiihemd. Sofort warf er einen prüfenden Blick auf Tino, der wütend aus dem Pool stieg.

„Ihr könnt natürlich die beiden freien Plätze benutzen“, sagte der Aufpasser ruhig. „Wir haben sie nur reserviert, weil wir nicht möchten, dass sich fremde Leute neben Tino niederlassen.“

Tino aber ging so viel Freundlichkeit zu weit. „Schick sie weg!“, kommandierte er. „Ich möchte die beiden nicht hier haben.“

„Jennifer und Marko sind in deinem Alter“, erwiderte Remo gelassen. „Du könntest mal was mit ihnen unternehmen, statt dich mit ihnen anzulegen. Dann wäre es dir bestimmt auch nicht mehr so langweilig.“

Tino funkelte ihn wütend an. „Ich freunde mich an, mit wem *ich* will“, entgegnete er scharf. „Im Übrigen kümmert euch um euren Job! Dazu gehört auch, dass ihr mir unliebsame Typen vom Leib haltet.“

Remo schüttelte entschieden den Kopf.

„Nein, Tino, das werde ich nicht tun. Die zwei sind doch nett. Reiß dich doch ein bisschen zusammen."

Statt einer Antwort drehte sich Tino schmollend um und stürzte sich mit einem wilden Hechtsprung in den Pool. Mit kräftigen Zügen schwamm er davon.

„Sorry", sagte der Bodyguard und setzte seine Sonnenbrille wieder auf. „Er ist leider etwas schwierig." Mit diesen Worten eilte er davon.

„Nein, danke", murmelte Jennifer. „Der soll sich seine Liegestühle doch einwecken lassen. – Komm", sagte sie, an ihren Bruder gewandt, „wir suchen uns einen Platz auf der anderen Seite des Pools."

Marko blickte Remo nachdenklich hinterher. „Hast du das gesehen?", fragte er. „Der Kerl hat sogar am Pool seine Waffe umgeschnallt. Sie hat sich unter dem Hemd deutlich abgezeichnet."

„Ist mir egal", brummte Jennifer, „ich will jetzt schwimmen!"

Während sie um den Pool herumschlenderten, meinte Marko nachdenklich: „Ich fürchte, da haben wir uns keinen Freund gemacht."

„Auf solche Freunde können wir wirklich verzichten", erwiderte seine Schwester.

Nach einer Stunde Schwimmen und Herumtollen waren Jennifer und Marko etwas müde und sehr hungrig. Sie entschlossen sich, nach Andrea zu suchen. Sie würde ihnen sicher irgendeine Köstlichkeit servieren.

ERSCHRECKENDE NEUIGKEITEN

Sie fanden ihre Tante an der Freiluftbar, wo sie Getränke an die Gäste ausschenkte. Als sie Jennifer und Marko entdeckte, winkte sie die beiden zu sich und bot ihnen Fruchtmixe an.

Als die beiden ihre Wahl getroffen hatten, füllte Andrea zwei Gläser mit einer Mischung aus Zitronen- und Orangensaft und gab zerstoßenes Eis dazu. Dann steckte sie noch zwei Trinkhalme hinein, und fertig waren die Drinks.

„Lasst es euch schmecken, das ist ein Granizdo", sagte sie.

Die Geschwister sogen genüsslich an ihren Strohhalmen.

„Habt ihr Tino am Pool gesehen?", fragte Andrea. „Wie ich hörte, wollte er auch Schwimmen gehen."

Jennifer verdrehte die Augen. „Dreht sich denn hier nur alles um diesen Tino? Dabei ist der Kerl echt doof. Und seine beiden Begleiter haben nichts Besseres zu tun, als ihm alles von allen Seiten beizuschleppen. Seine Extratouren gehen mir langsam auf die Nerven."

Andrea warf einem Mann, der ganz allein am anderen Ende des Tresens saß, einen prüfenden Blick zu. Er war in eine Zeitung vertieft und kümmerte sich nicht um seine Umgebung.

„Wieso?", fragte sie. „Was war denn los?"

Marko und Jennifer erzählten ihrer Patentante von dem Vorfall am Pool.

Andrea hörte ihnen aufmerksam zu. Als die beiden fertig waren, meinte sie mit gesenkter Stimme: „Ich wollte es euch ja erst heute Abend sagen, aber nachdem wir jetzt alleine sind, kann ich es euch auch jetzt erzählen: „Tinos Vater ist ein bedeutender Industriemanager. In der letzten Zeit hat er einige ernst zu nehmende Drohungen erhalten, die sich gegen seinen Sohn richteten. Deshalb hat Herr Rappata Remo und Maria, die normalerweise ihn selbst als Bodyguards beschützen, beauftragt, seinen Sohn hierher zu begleiten. Hier im Club ist er von der Außenwelt abgeschottet und kann leichter geschützt werden. Deshalb sind Remo und Maria so um ihn besorgt und bewachen ihn auf Schritt und Tritt. Der Junge weiß natürlich, was los ist. Ich kann mir vorstellen, dass ihn das alles ganz schön mitnimmt. Wahrscheinlich ist er deshalb so schwierig."

Andrea wartete auf eine Reaktion der beiden.

„Du meinst, Tino könnte von irgendjemandem angegriffen oder entführt werden?", fragte Marko.

Die junge Frau zuckte mit den Schultern. „Es besteht zumindest eine gewisse Gefahr. Ich denke, dass der Junge mit der coolen Angeberei seine Angst überspielen will. Ihr müsst euch das mal vorstellen! Soviel ich weiß, wird er schon seit Wochen auf Schritt und Tritt von den beiden Bodyguards begleitet. Da wärt ihr auch gestresst, denke ich."

Marko und Jennifer saßen auf ihren Hockern und machten betretene Gesichter.

Andrea ließ ihre Worte noch etwas nachwirken, dann meinte sie: „Ich muss euch noch etwas sagen: Die Managerin hat mich darum gebeten, mich speziell um Tino zu kümmern. Wahrscheinlich, weil in meinen Bewerbungsunterlagen steht, dass ich fließend Italienisch spreche. Deshalb kann ich auch problemlos mit den beiden Bodyguards reden. Remo spricht ja gut Deutsch. Marias Sprachkenntnisse sind dagegen dürftiger." Andrea goss sich ein Glas Wasser ein und nahm einen Schluck, dann schlug sie vor: „Ich dachte, wir könnten das Problem gemeinsam lösen. Wie ich euch bereits sagte, sind die Jugendlichen euren Alters im Club in der Jugendgruppe *Seeteufel*. Da Tino wegen der ständigen Überwachung nicht in einer großen Gruppe mitmachen kann, dachte ich mir, dass ihr beide zusammen mit ihm eine kleine Gruppe bilden könntet, die von mir betreut wird. Ich wäre euch für eure Hilfe wirklich sehr dankbar." Sie schwieg und wartete.

Die beiden mussten sich auf diese neue Situation erst einmal einstellen.

„Also, dieser Tino ist schon ein ziemlicher Kotzbrocken", meinte Jennifer. „Aber wenn er so in Gefahr ist, muss man ihm natürlich helfen. – Du musst aber dafür sorgen, dass wir uns gegen seine Gemeinheiten wehren können! Ich habe keine Lust, mich bei jedem kleinen Streit von seinen Bodyguards dumm anquatschen zu lassen."

Marko trank sein Glas leer, dann sagte er: „Jennifer hat eigentlich alles gesagt. Wir helfen dir. Sollte er sich aber wieder mit uns anlegen, kriegt er Ärger. Egal, wie viele Bodyguards ihn beschützen."

Andrea lächelte. „Danke, Leute, ich habe gewusst, dass ich mich auf euch verlassen kann. Ich werde Remo und Maria verständigen. Die beiden werden auch froh sein, dass dieser Quälgeist zukünftig beschäftigt ist."

„Wann soll's denn mit den *Seeteufeln* losgehen?", wollte Jennifer wissen. „Und was steht auf dem Programm?"

„Gleich morgen früh", erwiderte Andrea. „Zunächst steht ein Kurs im Bogenschießen auf dem Programm. Ich hoffe, das wird euch Spaß machen."

„Kannst du denn überhaupt mit einem Bogen umgehen?", wunderte sich Jennifer.

„Natürlich kann ich das", erwiderte Andrea, „ich habe während meines Studiums asiatisches Bogenschießen trainiert. Das ist eine fantastische Konzentrationsübung."

„Nicht schlecht", frotzelte Marko mit gespielt grimmiger Miene, „da können wir uns abreagieren, wenn Tino uns auf die Palme bringt ..."

„Na, na, na", tadelte ihn Andrea und drohte scherzhaft mit dem Finger. Dann wandte sie sich einem anderen Gast zu, der gerade an die

Bar gekommen war. Sie war froh, dass die Geschwister die Sache so verträglich aufgenommen hatten.

JEMAND NERVT

„Hallo, herzlich willkommen bei der Gruppe *Seeteufel*“, begrüßte Andrea Jennifer und Marko am nächsten Morgen. Die drei hatten sich einige Zeit nach dem Frühstück auf einem Rasenplatz abseits der eigentlichen Wohnanlage eingefunden. Auf dem Platz waren in unterschiedlichen Abständen große Strohzielscheiben aufgestellt.

„Wo ist eigentlich Tino?“, fragte Marko. „Der gnädige Herr glänzt offenbar durch Abwesenheit.“

Andrea zeigte sich geduldig. „Jetzt wartet erst mal ab, er wird schon noch kommen.“

„Wahrscheinlich muss er schnell noch seine beiden Begleiter ein wenig schikanieren“, vermutete Jennifer mit boshaftem Unterton.

„Warum fangen wir nicht ganz einfach an?“, schlug Marko vor. „Wenn er nicht mehr kommt, ist es gut, wenn er doch noch kommt, weniger.“

Andrea hatten den beiden gerade ihre Bogen in die Hand gedrückt und wollte mit der Erklärung der Grundbegriffe beginnen, als Tino im Eilschritt über den Rasen gelaufen kam. Erstaunlicherweise war er alleine.

Andrea dachte daran, dass sich Animateure gegenüber einem Gast immer freundlich verhalten sollen, egal, wie unfreundlich er sich benimmt.

„Schön, dass du kommst", begrüßte sie Tino deshalb.

Der hob nur gelangweilt die Hand und beugte sich nach vorne, um Luft zu schöpfen.

„Herzlich willkommen bei den *Seeteufeln*", fuhr sie unbeirrt fort. „Du hättest dich aber nicht so abhetzen müssen. Wir haben auf dich gewartet." Als der Junge nicht reagierte, fragte sie: „Wo sind eigentlich deine beiden Begleiter?"

Der Junge grinste. „Die suchen mich immer noch unten am Strand."

„Wieso? Das verstehe ich nicht", wunderte sich Andrea. „Willst du ihnen nicht sagen, dass du hier bist? Sie machen sich doch bestimmt Sorgen."

Tino legte die Stirn in Falten. „Das ist mir

egal. Die gehen mir nämlich tierisch auf die Nerven. Ich habe sie abgehängt. Die finden mich schon wieder, keine Sorge. Dafür werden sie ja bezahlt. – Aber was soll die Fragerei? Sind wir hier zum Quatschen oder zum Bogenschießen?"

„Hey, hey", knurrte Marko.

Andrea warf ihrem Neffen einen warnenden Blick zu. Sie wollte auf keinen Fall Streit.

In diesem Augenblick konnte man, vom Meer kommend, zwei Gestalten über den Rasen joggen sehen. Es war unschwer zu erkennen, dass es sich um Maria und Remo handelte.

„Los, gib mir einen Bogen!", zischte Tino, der die beiden natürlich auch gesehen hatte. „Mal sehen, ob die beiden fit sind." Seine Stimme klang drohend. Er machte einige Schritte auf den Ständer zu und griff sich eines der Sportgeräte. Mit der anderen Hand zog er blitzschnell einen Pfeil aus dem Köcher.

Andrea und die beiden Geschwister verstanden zunächst gar nicht, was der Junge wollte. Bis er sich umdrehte, den Pfeil auf die Sehne legte. Es war offensichtlich, dass er in Richtung seiner beiden Begleiter zielte.

„Ja, bist du denn völlig durchgeknallt?", brüllte Marko, als er Tinos Absicht erkannt hatte. Er machte einen Satz auf den Jungen zu und riss ihm den Pfeil aus den Händen.

Wutentbrannt wirbelte Tino herum, fasste den Bogen am Ende an und machte einen Schritt auf Marko zu. Für einen Augenblick sah es so aus, als wollte er den Bogen als Schlagwaffe einsetzen. Marko nahm sofort Kampfhaltung ein.

„Schluss jetzt!", rief Andrea in scharfem Ton. Für einen Augenblick war es aus mit der Freundlichkeit. „Hier wird nicht geschlagen!"

Tino sah sie verwundert an. Diesen Ton war er offensichtlich nicht gewöhnt.

Mittlerweile waren die beiden Begleiter des Jungen herbeigeeilt.

„Warum bist du ausgerissen?", fragte Remo sichtlich verärgert.

Tino lief rot an. Endlich hatte er jemanden, an dem er den Frust über seine Niederlage gegen Marko auslassen konnte! „Ich habe euch so satt!", schimpfte er. „Wenn ich könnte, würde ich euch alle auf den Mond schießen! Keinen Schritt kann ich alleine gehen. Haut doch endlich ab!" Dann drehte er sich auf dem Absatz herum und rannte davon.

Jennifer, die ihm im Wege stand, stieß er dabei so heftig beiseite, dass sie gegen Andrea taumelte. Sekunden später war der Junge in Richtung Wohnanlage verschwunden.

„Entschuldige bitte“, sagte Maria und legte Jennifer die Hand auf den Arm. Dann warf sie ihrem Kollegen einen besorgten Blick zu. Einen Augenblick später folgten die beiden ihrem Schützling.

„Ob sie ihn wohl auch noch wickeln müssen?“, fragte Jennifer hämisch.

Marko hob den Bogen vom Boden auf. „Was machen wir jetzt? Ist das Bogenschießen abgeblasen?“

„Wir sollten uns den Tag nicht durch Tino verderben lassen“, schlug Andrea vor und griff sich ebenfalls einen Bogen. Nach kaum zehn Minuten waren die Geschwister wieder begeistert bei der Sache.

Nach dem Training ging Andrea zusammen mit Jennifer und Marko ins Appartement. Sie wollten sich nach dem Sport umziehen.

Andrea war gerade im Badezimmer, um sich die Hände zu waschen, da klopfte es laut an der Tür des Appartements.

Als Jennifer öffnete, stand Remo auf der Schwelle.

„Entschuldige bitte", sagte er ruhig, „ist Andrea da? Ich konnte sie auf dem Gelände nicht finden."

„Komm doch rein", bat Jennifer und hielt die Tür auf. Sie erwartete eigentlich auch Tino und Maria, weil sie keinen der drei bis jetzt alleine gesehen hatte. Doch Remo war tatsächlich ohne Begleitung.

Als Andrea den Wohnraum betrat, wandte sich Remo ohne Umschweife an sie. „Ich kann leider die Managerin nicht finden, deshalb spreche ich dich an. – Ich brauche dringend eines der Club-Motorboote, die unten an der Anlegestelle vertäut sind."

Andrea sah ihn fragend an.

„Draußen vor der Bucht ankert nämlich ein fremdes Schiff", erklärte Remo. „Ich muss es überprüfen."

„Das werden Touristen sein, die draußen fischen", vermutete Andrea.

Remo machte eine ungeduldige Handbewegung. „Kann sein – kann aber auch nicht sein. Ich muss das Schiff auf jeden Fall überprüfen. – Wie komme ich an ein Motorboot?"

„Wende dich an Sven. Soweit ich weiß, ist er für die ganze Boots- und Tauchausrüstung zuständig."

Andrea hatte noch nicht geendet, als Remo schon aus der Tür war.

„Langsam beginnt mich der Fall ‚Tino' auch zu nerven", gestand sie den Geschwistern und machte ein gequältes Gesicht. „Diese Bodyguards führen sich auf, als würde ihnen der Club gehören."

Eine gute Stunde später waren Jennifer und Marko, nur mit Badesachen und T-Shirts bekleidet, auf dem Weg zum Strand.

Wenn man vom Club kommend die Dünen überquerte, sah man die ganze Bucht und den langen Sandstrand vor sich liegen. Diese Bucht war ausschließlich Clubgästen vorbehalten. Auf beiden Seiten reichten die Dünen fast bis ans Meer heran. Nur ein schmaler Sandstreifen bot die Möglichkeit, am Meer entlang die Bucht zu verlassen. Wenn man sich nach Westen wandte, kam man nach Portopetro. Verließ man die Bucht ostwärts, hatte man einen kilometerlangen Sandstrand vor sich.

Jennifer kniff die Augen zusammen und

blickte vom höchsten Punkt einer Düne über den Sandstrand.

„Wo sollen wir hingehen?", fragte sie, „es ist nicht viel los. Ich habe das Gefühl, die meisten Leute bleiben heute lieber am Swimmingpool."

Marko, der gerne ein Stück schwimmen wollte, zuckte mit den Schultern. „Ist doch egal. Nur nicht dorthin, wo die Schirme stehen, da liegen die meisten Sonnenanbeter."

Sie wählten einen etwas höher gelegenen Platz auf einer Düne, der von hohem Strandhafer umgeben war. Eine einsame niedrige Kiefer spendete Schatten. Sie legten ihre Decken aus, und Jennifer begann damit, sich mit Sonnencreme einzureiben. Sie wollte ein wenig lesen.

Marko ließ seinen Blick über die Wasseroberfläche gleiten. Draußen konnte er ein weißes Schiff erkennen. Ein kleines Motorboot hatte an der Seite des Schiffes festgemacht. Das Boot schien leer. Sicher war Remo bereits an Bord, um sich dort umzusehen.

„Ich gehe schwimmen", sagte Marko und zog sich das T-Shirt über den Kopf. Seine Sonnenbrille warf er auf die Decke, dann rannte er die Düne hinunter.

Im Wasser fand er es angenehm kühl. Mit

kräftigen Kraulstößen schwamm er aus der seichten Uferregion ins tiefere Wasser hinaus. Marko war ein ausgezeichneter Schwimmer, der sich im feuchten Element so wohl fühlte wie ein Fischotter.

Ein Stück weiter draußen nahm die Temperatur des Wassers deutlich ab. Marko hielt an und plantschte einen Augenblick auf der Stelle, um sich orientieren zu können. In einiger Entfernung glitten Surfer über die niedrigen Wellen. Die Brise war nur schwach, und sie kamen nicht recht vorwärts.

Der Junge suchte nach einem der großen clubeigenen Schwimmflöße, das er vom Strand aus erspäht hatte. Es war einige hundert Meter vom Ufer entfernt verankert und diente Schwimmern als Rastplatz. Momentan war es leer. Marko schwamm zügig hinüber.

Als er das Floß erreicht hatte, benutzte er nicht die Leiter, die ins Wasser führte, sondern zog sich am Rand mit einem kräftigen Ruck hinauf. Wie ein Hund schüttelte er sich das Wasser aus den Haaren. Rund um seine Füße bildete sich auf den dicken Holzplanken ein nasser Fleck.

Das Floß war verhältnismäßig groß und bot

ungefähr dreißig Menschen Platz. Auf den Planken waren niedrige Liegen festgemacht, die mit einem durchbrochenen Plastikgeflecht überzogen waren, sodass man sich nicht auf das blanke Holz legen musste.

Marko ließ sich auf einer der Liegen nieder. Er wollte ein paar Minuten Sonne tanken, dann wieder zurückschwimmen. Er freute sich schon jetzt auf das herrlich erfrischende Gefühl der Kühle, wenn er mit einem Kopfsprung wieder ins Wasser eintauchen würde.

Er schloss gerade die Augen, um ein wenig zu dösen, als ein harter Gegenstand gegen das Floß schlug und einen dumpfen Laut erzeugte. Etwas erschrocken öffnete der Junge die Augen und sah sich blinzelnd um. Was er entdeckte, war nicht gerade erfreulich: Zwei Surfer hatten am Floß festgemacht. Es handelte sich um Tino und Maria. Tino trug nur eine Badehose. Maria hatte einen dünnen Neoprenanzug an. Unter dem linken Arm war der Gummianzug deutlich ausgebeult. Offenbar trug sie ihre Waffe sogar beim Surfen.

Anscheinend gab es schon wieder Probleme zwischen den beiden. Da sie sehr schnell und undeutlich sprachen, konnte Marko nur Wortfetzen verstehen. Offensichtlich war Tino mit der beabsichtigten Pause nicht einverstanden. Maria war offenbar der Ansicht, dass sich der Junge ein wenig ausruhen sollte.

Die junge Frau befestigte die Surfbretter am Rande des Floßes. Die Segel blieben seitlich im Wasser liegen.

Wie nicht anders zu erwarten, dachte Tino gar nicht daran, den Vorschlag Marias zu befolgen. In seiner ausgesucht freundlichen Art machte er ihr klar, dass er jetzt ein wenig schwimmen gehen wollte und dass er im Wasser gern alleine wäre. Ehe Maria etwas erwidern konnte, war der Junge mit einem Sprung in die Fluten getaucht.

Maria sah ihm kurz nach, folgte ihm aber nicht. Sie warf Marko, der auf dem Bauch lag und den Kopf auf die Arme gelegt hatte, einen prüfenden Blick zu. Sie erkannte ihn offenbar nicht. Ihr Gesichtsausdruck entspannte sich. Ein einzelner Junge konnte nicht gefährlich werden.

Marko überlegte, ob er sich jetzt davonmachen sollte, entschied sich aber dagegen, weil er von See her das Tuckern eines Außenbordmotors hörte. Er entdeckte das Clubboot, das

Kurs auf die Schwimminsel hielt. Am Steuer saß Remo.

Markos Neugierde war geweckt. Wenn der Bodyguard hier anlegte, konnte Marko vielleicht einige Neuigkeiten über das fremde Schiff erfahren. Deshalb blieb er ruhig auf dem Bauch liegen. So konnte er alles im Auge behalten.

Remo legte am Floß an. Anscheinend hatte er schon öfters mit einem Boot manövriert. Er sprang auf die Planken und rief Maria einen kurzen Gruß zu. Dann erkundigte er sich nach dem Verbleib von Tino. Maria deutete nur wortlos auf das Wasser hinaus, wo man in einiger Entfernung den Kopf des Jungen aus dem Wasser ragen sah. Auch Remo interessierte sich nicht für den Schwimmer auf der Liege.

Die beiden setzten sich und verfielen in ihre Heimatsprache. Marko ärgerte sich. Jetzt würde er wieder nur ein paar Brocken mitbekommen!

Es war klar, dass sich die Unterhaltung zunächst um Remos Besuch auf dem ankernden Schiff drehte. Soweit Marko verstehen konnte, handelte es sich bei den Leuten tatsächlich nur um harmlose Touristen, die vor der Küste mit Harpunen auf Unterwasserjagd gingen.

Die Bodyguards schwiegen eine Weile, dann fragte Maria nach Signore Rappata. Das war Tinos Vater. Vielleicht konnte Marko jetzt mehr über die Drohungen erfahren.

In diesem Moment plätscherte es neben dem Motorboot und Tino kletterte auf das Floß. Als er Remo entdeckte, sagte er: „Ich habe dir heute früh doch gesagt, dass du meinen Vater anrufen sollst. Hast du mit ihm gesprochen?"

„Ja, ich habe ihn erreicht. Er lässt dich grüßen."

„Ja ... und ...", bohrte Tino ungeduldig weiter.

„Leider hat sich die Situation noch nicht entschärft", berichtete Remo. „Die Polizei hat noch nicht herausgefunden, wer hinter den Drohungen steckt. Solange wir das nicht wissen, müssen wir sie ernst nehmen. Du bist leider noch nicht außer Gefahr. Dein Vater besteht darauf, dass wir noch hier bleiben."

Tino stampfte so fest mit dem Fuß auf, dass das Floß schaukelte. „Ich werde hier noch verrückt. Bloß Wasser und diese blöden Animateure." Er drehte sich herum und ließ sich auf eine Liege plumpsen. Sie stand nicht weit von Markos Platz entfernt. Marko hob den Kopf.

Tino warf ihm einen erstaunten Blick zu. „Bist du eigentlich überall?“, fragte er. Das klang eher traurig als wütend.

„Du hast es vielleicht noch nicht geschnallt“, erwiderte Marko gereizt. „Aber ich mache hier genauso Ferien wie du.“ Er bemühte sich, nicht zu unfreundlich zu klingen.

Tino ließ sich wieder zurückfallen. Er starrte einen Augenblick in den sonnigen Himmel hinauf, dann richtete er sich plötzlich auf. Mit gesenkter Stimme fragte er: „Was hältst du davon, wenn wir bis zum Ufer um die Wette schwimmen?“

Marko sah ihn erstaunt an. „Ich schätze, dagegen werden die beiden dort drüben etwas haben.“

Tino zuckte mit den Schultern. „Habe ich gesagt, dass ich sie fragen werde? Wir zählen bis drei, dann rennen wir los und springen in Richtung Strand ins Wasser. Oder hast du Angst?“

Statt einer Antwort setzte sich Marko auf und sagte: „Fang schon an zu zählen!“

Auf Tinos Signal hin stürmten die beiden zum Rand des Floßes. Ehe die beiden Aufpasser mitbekamen, was vorging, tauchten die Jungen mit eleganten Kopfsprüngen ins Meer.

Marko, der etwas ausgeruhter als sein Gegner war, zog die Arme kräftig durch und holte nur bei jedem dritten Schwimmstoß Luft. Er fühlte, wie das Wasser an seinem Körper vorbeiglitt und er zügig vorankam. Mit einem Blick überzeugte er sich, dass er seinen Herausforderer hinter sich gelassen hatte. Sein Triumphgefühl war jedoch verfrüht. Denn plötzlich spürte er neben sich im Wasser Bewegung: Tino hatte aufgeholt.

Über eine lange Strecke schwammen die beiden fast auf gleicher Höhe. Marko bemühte sich, seinen Rhythmus zu halten und sich nicht vorzeitig zu verausgaben.

Tino hatte offenbar keine Probleme mitzuhalten. Das ärgerte Marko ein bisschen. Sein Ehrgeiz war angestachelt, und er zog stärker durch. Gar zu gerne hätte er es dem Angeber mal ordentlich gezeigt!

Sie waren nur noch etwa einen Steinwurf weit vom Strand entfernt, als es geschah. Marko verspürte plötzlich einen krampfartigen, stechenden Schmerz in der rechten Wade. Er schrie auf und bekam dabei einen kräftigen

Schwall Wasser in den Mund. Sofort ließ er die Schwimmbewegungen sein und versuchte, auf der Stelle zu treten. Dies misslang ihm aber, weil er heftig husten musste. Auf einmal bekam er Angst.

Da spürte er, wie ihn jemand unter den Armen packte. Dann tauchte Tinos Gesicht neben ihm auf.

„Was ist denn los mit dir?“, fragte der Junge.

„Ich habe einen Wadenkrampf!“, keuchte Marko, während er versuchte, wieder regelmäßiger zu atmen.

„Warte, ich helfe dir“, rief Tino. „Lass dich einfach treiben, ich ziehe dich an den Strand.“ Er drehte Marko auf den Rücken und packte ihn mit einer Hand unterm Kinn. Rückwärts schwimmend zog er den Jungen in Richtung Ufer.

Plötzlich tauchte neben den beiden Jungen das Motorboot auf. Als es auf gleicher Höhe mit den Schwimmern war, sprang eine dunkle Gestalt im Neoprenanzug ins Wasser und kam mit kräftigen Zügen auf sie zugeschwommen. Es war Maria. Remo steuerte das Boot. Ohne ein Wort drängte Maria Tino zur Seite, packte Marko und schleppte ihn weiter. Tinos Protest wurde von einer Welle erstickt. Als Remo sah, dass Maria die Sache im Griff hatte, bog er kurz vor der seichten Zone ab.

Wenig später kamen die drei an Land. Marko blieb erschöpft auf dem Sand liegen und rieb seine noch immer verkrampfte Wade.

Wortlos packte Maria den Fuß des Jungen und drückte die Zehen kräftig nach oben. Bald ließ der Krampf nach.

„Ist alles in Ordnung?", fragte sie Tino.

Tino war ungnädig. „Nichts ist in Ordnung!", schimpfte er. „Ich habe es satt, ständig von euch bemuttert zu werden. Ich habe doch meine Rettungsschwimmer-Prüfung gemacht und hätte Marko ohne Probleme retten können." Wütend rannte er davon.

„Geht es jetzt wieder?", fragte Maria Marko.

„Ich glaube schon", erwiderte Marko und stand vorsichtig auf. Der Fuß ließ sich tatsächlich wieder belasten.

„Danke!", rief Marko Maria nach, die schon hinter Tino herlief. Sie winkte kurz zurück, dann verschwand sie hinter den Dünen.

Für den Rest des Tages bot dieses Ereignis Andrea und den Geschwistern ausreichend Gesprächsstoff. Marko war etwas nachdenklich geworden. Dort draußen im Wasser hatte er an Tino eine Seite kennen gelernt, die ihn überrascht hatte. Vielleicht war Tino ja doch nicht so übel, wie es schien.

Am nächsten Morgen herrschte helle Aufregung im *Club Paradiso.* – Tino war spurlos verschwunden.

Maria hatte das Fehlen des Jungen zuerst bemerkt. Sie war in sein Zimmer gegangen, um ihn zu wecken, aber sein Bett war leer gewesen. Zuerst dachte sie, dass er mal wieder einen Alleingang versucht hatte, um ihrer Bewachung zu entgehen. Sie alarmierte Remo, und die beiden suchten den Jungen auf dem ganzen Clubgelände. Als sie ihn nicht fanden, informierten sie die Clubmanagerin.

Die berief sofort eine Besprechung mit den Animateuren ein. Remo und Maria verrieten nun den übrigen Mitarbeitern des Clubs, was der wahre Grund für ihre Mallorca-Reise war. Die beiden baten Nelly und die Animateure, ihnen bei der Suche zu helfen. Die Gäste sollten aber auf keinen Fall etwas von Tinos Verschwinden erfahren. Schlimm war, dass die Bodyguards Herrn Rappata momentan nicht erreichen konnten.

Das Clubpersonal stellte nun die ganze Anlage auf den Kopf – vergebens. Tino hatte sich, so schien es, in Luft aufgelöst. Beim Frühstück weihte Andrea auch Marko und Jennifer ein, die versprachen dichtzuhalten.

Da niemand wusste, ob tatsächlich ein Verbrechen geschehen war oder ob Tino sich einfach aus dem Staub gemacht hatte, litten alle unter der Ungewissheit. Auch ein Unfall war möglich: Vielleicht war der Junge zu weit hinausgeschwommen und dabei ertrunken?

Maria und Remo waren sehr nervös. Nach den vergeblichen Suchaktionen zogen sich die beiden in ihr Appartement zurück und versuchten ständig, mit Herrn Rappata Kontakt aufzunehmen. Sie fürchteten die Reaktion ihres Auftraggebers, wenn er erfuhr, dass sein Sohn verschwunden war. Beide machten sich bittere Vorwürfe, dass sie nicht genügend aufgepasst hatten.

Auf einmal kam Remo auf die Idee, Tinos Zimmer zu durchsuchen. Eigentlich erhoffte er sich davon keine neue Erkenntnis, doch er wollte wenigstens etwas tun.

Als er nach seiner Suchaktion den gemeinsamen Wohnraum wieder betrat, war sein Gesicht kreidebleich.

Maria blickte ihn erschrocken an. Dann bemerkte sie das Blatt und den weißen Umschlag in seiner Hand. Maria nahm den Brief an sich und überflog den Inhalt. Er war offenbar auf einem Computer geschrieben worden und in Italienisch abgefasst.

„Tino Rappata befindet sich in unseren Händen", stand da zu lesen. „Wir werden uns wieder melden. Bis dahin darf auf keinen Fall die Polizei eingeschaltet werden, sonst muss der Junge dafür büßen." Das war alles.

Die beiden sahen sich an. Hier war der Beweis, den sie gefürchtet hatten. Tino war tatsächlich entführt worden!

Die Bodyguards benachrichtigten sofort die Clubleitung. Die Suche nach Tino wurde eingestellt.

Jennifer und Marko erhielten von Andrea Informationen über den neuesten Stand der Dinge. Die Minigruppe der *Seeteufel* wurde wegen Tinos Verschwinden natürlich aufgelöst. Jennifer und Marko mussten sich selbst beschäftigen.

Nach dem Frühstück ging Jennifer zum Pool. Marko hatte dazu keine Lust und schlenderte über das Clubgelände. Dort entdeckte er Ramon, einen der Animateure, der beim Shuttle-Bus stand.

„Hallo", grüßte der Junge, „du fährst wohl wieder nach Palma, um neue Gäste zu holen?"

Ramon schüttelte den Kopf. „Heute ist kein Anreisetag. Ich muss nach Portopetro, um im Hafen frische Fische zu kaufen. Wir wollen heute Abend ein großes Fischessen veranstalten. – *The show must go on.* Du verstehst, was ich meine?"

Marko nickte. Die Clubgäste hatten von der Entführung und der nachfolgenden Suche nichts mitbekommen. Sie erwarteten weiterhin fröhliche Animateure und unbeschwerte Ferien.

„Hast du etwas dagegen, wenn ich mitkomme?", fragte der Junge spontan.

„Natürlich kannst du mich begleiten", erwiderte Ramon. „Du musst nur der Clubmanagerin Bescheid sagen. Nicht, dass nach dir auch noch gefahndet werden muss!"

Marko meldete sich schnell ab und stieg mit Ramon in den Wagen.

MARKO ERMITTELT

Die zwei Kilometer waren ein Katzensprung. Ramon stellte den Bus direkt an der Mole ab. Einige Fischkutter waren offenbar gerade vom Fang zurückgekehrt, denn am Kai standen übereinander gestapelte Plastikkisten, in denen verschiedenartige Fische lagen, umgeben von zerstoßenem Eis.

„Während du einkaufst, sehe ich mich ein bisschen um“, sagte Marko.

Ramon nickte zustimmend.

Marko orientierte sich kurz, dann schlenderte er zur Anlegestelle der Privatschiffe. Hier waren Segeljachten und Motorboote aller Größen vertäut. Auf einigen befand sich Besatzung. Andere waren mit einer Persenning, einem wasserdichten Segeltuch, abgedeckt.

Marko blieb vor einem Segelboot mit dem Namen *Windsbraut* stehen. Die Aufschrift legte nahe, dass der Besitzer Deutsch sprach. Während er das Boot betrachtete, hörte er Schritte hinter sich. Er wandte sich um und sah einen älteren Mann in weißer Segelkleidung über den Steg herankommen. Er trug mehrere schwere Papiertüten.

„Kann ich Ihnen beim Verstauen helfen?“, fragte Marko, unwillkürlich hatte er deutsch gesprochen.

Das sonnengebräunte Gesicht des Mannes verzog sich zu einem breiten Lächeln. „Gerne. Dadurch kannst du vielleicht verhindern, dass ich beim Entern meiner alten *Windsbraut* den größten Teil meiner Einkäufe ins Hafenbecken schütte.“ Mit diesen Worten drückte er Marko eine seiner Tüten in den Arm.

Das Boot hatte keinen eigenen Laufsteg. Man musste den Zwischenraum zwischen Anlegestelle und Deck mit einem großen Sprung überwinden. Dem Mann gelang es, elegant zu landen. Marko tat sich da ein wenig schwerer, weil das Deck durch die Erschütterung heftig auf und ab schwankte. Schließlich stand er dann doch unversehrt auf der *Windsbraut*.

Der Kapitän brachte seine Einkäufe unter Deck in die kleine Kajüte, und Marko folgte ihm.

Als der Mann die Hände frei hatte, stellte er sich vor: „Ich bin Henning Dirksen aus Hamburg. Du kannst ruhig Henning zu mir sagen. – Und mit wem habe ich das Vergnügen?"

Marko nannte seinen Namen und erzählte, dass er hier auf Mallorca einen Club-Urlaub machte.

„Na, das wäre nichts für mich", erwiderte Henning. „Ich bin ein Eigenbrötler." Er bot Marko eine gekühlte Cola an, dann setzten sich die beiden auf die Bänke neben der Ruderpinne. Henning erzählte Marko, dass er schon seit einigen Monaten mit der *Windsbraut* unterwegs war. Er kam nur an Land, um Lebensmittel zu fassen.

„Weißt du, diesen Trubel in den Tourismuszentren kann ich nicht leiden. Da laufen die Leute aufgedonnert herum und protzen mit ihrem Geld. Da, schau nur dort hinüber", er wies in Richtung einer Motorjacht, die einige Liegeplätze entfernt vertäut lag. „Die gehört, wie ich im Hafen erfahren habe, einem stinkreichen Burschen aus Sevilla. Hat keine Ahnung von der christlichen Seefahrt – aber einen Kapitän und zwei Vollmatrosen, damit er sich zwischen der spanischen Küste und Mallorca hin und her schippern lassen kann. Alles nur Großkotzigkeit!" Er machte eine wegwerfende Geste. „Da lob ich mir die alten Fischerkähne. Die sehen zwar aus, als würden sie jeden Augenblick auseinander fallen, aber die haben wenigstens was erlebt!" Henning war offenbar überglücklich, dass er sich wieder einmal mit jemandem unterhalten konnte. „Früher haben die Besatzungen so manches krumme Ding gedreht, das kannst du mir glauben. Die Burschen mussten doch zusehen, dass der Kamin rauchte. Schmuggelei und solche Sachen waren da nicht selten."

„Gibt es das heute auch noch?", fragte Marko interessiert.

Henning lachte. „Da würde ich für keinen die Hand ins Feuer legen, das kannst du mir glauben, mein Junge."

Er sah sich vorsichtig um, als könnte irgendjemand hinter dem Mastbaum seines Schiffes stehen und sie belauschen. Dann fuhr er mit verschwörerisch gesenkter Stimme fort: „Erst gestern ist die *Merluza* ausgelaufen. Ihr Name bedeutet „Seehecht". Wie ich hörte, wurde sie für einen Angelausflug gechartert. Auch so ein moderner Firlefanz für Touristen. Tauchen im

Wasser herum und schießen auf die armen Fische mit ihren Harpunen. – Das Merkwürdige ist nur, dass überhaupt keine Passagiere an Bord gegangen sind! Meine *Windsbraut* lag in der Nähe. Da konnte ich alles beobachten. Ich verwette meinen alten Seemannsbart darauf, dass die unterwegs sind, um ein krummes Ding zu drehen." Er blickte viel sagend zum Himmel.

Marko hörte auf einmal mit gespitzten Ohren zu. Neugierig fragte er: „War vielleicht ein Junge in meinem Alter an Bord?"

Henning kniff die Augen zusammen. „Jetzt, wo du mich fragst ... Wenn mich meine alten Piratenaugen nicht getäuscht haben, dann war tatsächlich so ein junger Bursche mit an Bord. Es ist mir aufgefallen, weil er ziemlich laut herumgemeckert hat. Wahrscheinlich war er der Sohn des Kapitäns."

Vom Hafenkai her ertönte ein schriller Pfiff. Marko stand auf und sah hinüber. Er entdeckte Ramon, der ihm winkte. „Tut mir Leid, aber ich muss jetzt gehen", sagte er und trank schnell seine Cola aus. „Sind Sie morgen auch noch da?"

Henning nickte. „Einmal über Nacht noch,

dann steche ich in See. Wird Zeit, dass ich mir wieder den Wind um die Nase wehen lasse."

Marko bedankte sich für die Bewirtung, dann sprang er mit einem Satz an Land. „Viel Glück!", rief er dem Seebär nach, winkte und rannte davon.

Henning blickte ihm nach, dann brummte er: „Die Jugend weiß heute auch nicht mehr, dass man in der christlichen Seefahrt Mast- und Schottbruch wünscht."

„Heute hab ich wirklich prima Ware bekommen", erzählte Ramon, während sie in Richtung Club davonfuhren. Das Innere des Shuttles roch intensiv nach Fisch. „Besonders die Seehechte schmecken ganz ausgezeichnet." Er schnalzte mit der Zunge.

Bei diesem Stichwort musste Marko wieder an das denken, was Henning erzählt hatte: Ein Fischerboot mit gleichem Namen war heute mit unbestimmtem Ziel ausgelaufen, und ein Junge hatte sich an Bord befunden. Markos detektivischer Spürsinn war geweckt.

„Ist es eigentlich üblich, dass Jungen in meinem Alter mit auf Fischfang hinausfahren?", fragte er Ramon.

„Durchaus. Viele Fischerboote gehören Familienbetrieben“, erklärte er. „Da müssen alle mit anpacken. Deshalb fahren auch die jungen Burschen mit hinaus, um ihren Vätern zu helfen.“

Marko sank in den Sitz zurück. Das hätte er sich auch selbst denken können!

Es wäre aber auch wirklich verrückt gewesen, wenn er durch so einen Zufall auf Tinos Spur gekommen wäre. Außerdem war es nicht sehr wahrscheinlich, dass Entführer ihre Opfer für alle Beobachter sichtbar auf Deck herumspazieren ließen. Tino hätte sich mit Sicherheit heftig gewehrt.

Andererseits hatte Henning erzählt, dass ihm der Junge an Bord durch seine unflätige Meckerei aufgefallen war. Wie, wenn das nicht das übliche unflätige Verhalten, sondern ein Versuch gewesen wäre, sich gegen die Entführer zur Wehr zu setzen?

Als sie die Toreinfahrt des Clubgeländes passierten, verwarf Marko diese Gedanken wieder. Er hatte nämlich nicht die geringste Lust, sich von Andrea und Jennifer auslachen zu lassen. Schließlich wusste er nicht einmal, wie der Junge auf der *Merluza* ausgesehen hatte!

Er half Ramon, die Kisten mit den Fischen in den Kühlraum der Clubküche zu tragen. Als er den Küchenbereich verließ, traf er auf Andrea. Sie hatte keine Neuigkeiten. Und noch immer hatten Remo und Maria Tinos Vater nicht erreicht.

Am nächsten Morgen wachte Marko sehr früh auf. Er blickte auf die Uhr und stellte fest, dass es erst kurz nach sechs Uhr war. Eine Zeit, die er normalerweise als unmenschlich bezeichnet hätte. An Schlaf war aber nicht mehr zu denken, Hennings Beobachtungen gingen Marko einfach nicht mehr aus dem Kopf. Wenn eine Entführung nur irgendwie denkbar war, musste Marko Maria und Remo sofort von seinem Verdacht erzählen. Und war es nicht einfach, jemanden hier verschwinden zu lassen? Mallorca war eine Insel. Man brauchte den Entführten nur auf ein Schiff zu bringen und etwas hinauszufahren. Von dort konnte er nicht fliehen, weil rundherum nur Wasser war. Und wer immer sich dem Schiff näherte, wurde sofort entdeckt.

Marko richtete sich auf und sprang mit einem Satz aus dem Bett. Bevor er sein Wissen weitergab, wollte er noch ein paar Beweise sammeln. Er musste sich beeilen, um Henning noch vor dem Auslaufen zu erwischen. Der alte Haudegen würde ihm bestimmt helfen!

Aber wie sollte er sich gegenüber Jennifer verhalten? Er konnte sich doch nicht einfach davonstehlen, ohne ihr etwas zu sagen! Am Ende würde Andrea noch denken, er sei auch gekidnappt worden.

Kurz entschlossen ging er hinüber in Jennifers Zimmer. Sie schlief offenbar wie ein Murmeltier. Marko schüttelte sie unsanft: „Hey, Jennifer, aufwachen! Ich muss mit dir reden!"

Das Mädchen seufzte und rieb sich die Augen. Gleich darauf war sie hellwach. Zum Glück war Jennifer am Morgen ein ausgesprochener Turbostarter!

„Was ist denn los?", fragte sie mit zerknittertem Gesicht. „Haben wir verschlafen?"

Marko erhob sich wieder. „Steh bitte auf", bat er, „zieh dich an, ich brauche deine Hilfe."

Marko ließ sich im Wohnraum in einen Sessel fallen. Da das Frühstück ausfallen musste, holte er einen Müsliriegel aus Jennifers eisernem Vorrat. Beim Knabbern entwarf er gleich einen Plan: Sie benötigten zwei Mountainbikes vom Club. An die würden sie ohne Probleme herankommen, weil sie unabgeschlossen in einem Fahrradständer in der Nähe des Büros standen. Jeder Gast konnte sie benutzen, wann und sooft er wollte.

Die kurze Strecke bis Portopetro war in ein paar Minuten zu schaffen.

Nun kam Jennifer fertig angezogen aus dem Bad. „Kannst du mir mal bitte sagen, was hier los ist? Ich hoffe, du hast eine gute Erklärung für diesen Stress."

„Wir dürfen keine Zeit verlieren", drängte Marko.

Die beiden verließen das Appartement. Die Luft war angenehm frisch. Auf dem Weg zum Clubbüro erzählte Marko seiner Schwester von seinem Verdacht.

„Und du willst jetzt nach Portopetro fahren?", fragte sie entgeistert. „Ohne irgendjemandem Bescheid zu sagen? Das können wir doch nicht machen! Andrea wird stinksauer sein. Spätestens beim Frühstück merkt sie, dass wir nicht da sind."

Sie erreichten das Clubbüro. Marko unterdrückte seinen Ärger. Gerade in diesem Moment kam Sven in einem der kleineren Clubautos angefahren. Er hatte in Portopetro frische Brötchen für das Frühstücksbuffet geholt. Als er die beiden Frühaufsteher sah, bekam er große Augen.

„Na, ihr habt euch wohl in der Tageszeit geirrt!", sagte er beim Aussteigen.

Marko, der zuerst erschrocken war, dass Sven sie gesehen hatte, schaltete blitzschnell um. Dieses Zusammentreffen war gar nicht so unvorteilhaft! Er überlegte sich rasch eine glaubhafte Ausrede.

„Sven, Jennifer und ich haben gestern verabredet, heute Morgen mit Mountainbikes eine Fahrt durch die Dünen zu machen. Wir konnten es Andrea gestern Abend nicht mehr sagen. Würdest du es ihr bitte ausrichten? Wir wollen nicht, dass sie sich Sorgen macht. Wir werden wahrscheinlich bis zum Mittagessen wieder hier zurück sein."

Sven nickte. „Kein Problem. Viel Spaß!" Dann griff er in einen großen Korb, der mit einem Leinentuch abgedeckt war, und holte ein paar Brötchen heraus, die er den beiden in die Hand drückte. „Für unterwegs", erklärte er, dann marschierte er davon.

Die Mountainbikes waren in einem prima

Zustand. Auf dem Rahmen war das Sympol des *Club Paradiso* aufgeprägt. Es sah nicht so aus, als würden sie häufig benutzt.

Die Geschwister zogen sich zwei passende Räder heraus und schwangen sich in die Sättel. Um diese Zeit waren noch keine Gäste auf den Wegen. So konnten sie von Anfang an voll in die Pedale treten.

„Und du glaubst wirklich, dieser Henning ist noch da?", zweifelte Jennifer. Obwohl sie eine Sportskanone war, musste sie sich ganz schön anstrengen, um mit ihrem Bruder mitzuhalten. „Was machen wir, wenn er abgesegelt ist?"

Marko wollte darüber erst gar nicht nachdenken. „Jetzt mach doch nicht gleich alles mies", brummte er. „Es wird schon klappen."

Als die beiden Portopetro erreichten, wärmte die Sonne schon richtig auf der Haut.

Marko radelte direkt zum Hafen hinunter. Auf den Fischkuttern herrschte bereits reges Treiben. Einige Boote fuhren schon aufs offene Meer hinaus.

„Glück gehabt!", rief Marko erleichtert, „die *Windsbraut* liegt noch an ihrem Platz. Komm Jennifer, wir müssen uns beeilen!"

„Hallo, Marko", rief Henning erstaunt, als der Junge mit quietschenden Reifen neben dem Boot zum Stehen kam. „Du bist aber früh unterwegs! Und dann auch noch in Begleitung." Als alter Seemann war Henning natürlich schon seit Stunden auf den Beinen.

„Das ist meine Schwester Jennifer", erklärte Marko schnell. „Ich bin wirklich froh, dass Sie noch da sind. Ich dachte schon, Sie seien bereits abgesegelt."

„Der Wind ist noch zu flau. Außerdem wollte ich warten, bis die Fischer ausgelaufen sind. – Was ist los, wollt ihr etwa bei mir anheuern? Kommt doch an Bord. Ich habe mir gerade einen Tee gemacht. Es wäre schön, wenn ihr eine Tasse mittrinkt."

Marko und Jennifer verständigten sich mit einem Blick. Sie legten die Räder auf dem Steg ab und sprangen hinüber. Da in der kleinen Kombüse nicht genügend Platz war, setzten sie sich auf die Bänke am Ruder. Henning nahm einen Schluck, legte seinen Kopf zur Seite und sah Marko durchdringend an. „Ihr beide seid doch nicht hierher gekommen, um mit mir zu frühstücken. Also, jetzt sagt schon: Was habt ihr auf dem Herzen?"

Marko nahm all seinen Mut zusammen und weihte den freundlichen Skipper in den Fall „Tino“ ein.

„... und weil Sie an Bord des Fischkutters einen Jungen in unserem Alter gesehen haben“, beendete er seinen Bericht, „dachte ich ...“ Hier brach er ab, nahm einen Schluck Tee und sah Henning erwartungsvoll an.

Der sagte eine ganze Weile lang gar nichts. Nachdenklich strich er über seinen Bart. „Das klingt schon gewaltig nach Seemannsgarn, mein Junge“, brummelte er schließlich.

Jennifer und Marko sahen sich an. Beide konnten sich nichts unter Seemannsgarn vorstellen. Als der Alte ihre fragenden Gesichter sah, musste er lächeln.

„Seemannsgarn nennt man die Lügengeschichten, die Seeleute unerfahrenen Landratten erzählen, um sie hochzunehmen. Aber das trifft doch hoffentlich auf eure Geschichte nicht zu.“ Er erhob sich und schaute über die Reling. „Aber wie könnte ich euch in der Sache helfen?“

„Ich dachte halt ... Nachdem die Entführer auf einem Fischerboot sein könnten und Sie ein Segelboot haben ...“

Henning hob die Augenbrauen. „Ah, ich glaube, jetzt fällt der Groschen", sagte er. „Du denkst, wir sollten der *Merluza* hinterherschippern, um deine Vermutung zu überprüfen."

Marko zuckte mit den Schultern, und Jennifer nickte heftig.

Henning ließ seinen Blick über das Hafenbecken schweifen. „Warum eigentlich nicht?", meinte er und reckte die geballte Faust in die Luft. „So ein bisschen Aufregung tut einem alten Seebären wie mir bestimmt ganz gut! Die *Windsbraut* hat sicher nichts dagegen, wenn wir zur Abwechslung mal Piraten jagen."

Liebevoll tätschelte er die Reling seines Bootes. Dann gab er gleich ein paar Anweisungen. „Ihr beiden bringt jetzt eure Fahrräder an Bord und bindet sie ordentlich am Hauptmast fest. Taue liegen unten in der Kajüte im Bettkasten. Ich marschiere schnell ins Hafenbüro und erkundige mich nach dem Wetter. Das ist völlig unverdächtig. Dabei werde ich nebenbei fragen, ob irgendjemand weiß, was die *Merluza* als Ziel ihrer Fahrt angegeben hat." Er zwinkerte den beiden verschwörerisch zu, dann sprang er mit einem eleganten Satz von Bord und eilte in Richtung Hafen davon.

„Meinst du wirklich, dass wir das tun sollten?", fragte Jennifer etwas besorgt. „Dieser Henning ist ja wirklich nett, aber was ist, wenn du mit deinen Überlegungen völlig falsch liegst?"

Marko, der soeben das erste Rad an Bord geschafft hatte, zuckte mit den Schultern. „Dann haben wir halt Pech gehabt. Ich denke aber, wir sollten es versuchen. Wenn wir Tino schnell finden und er befreit werden kann, haben wir vielleicht noch ein paar ruhige Ferientage. So lange er verschwunden ist, gibt es im Club keine ruhige Minute mehr. – Aber jetzt hilf mir bitte, die Bikes festzuzurren, damit wir loskönnen, wenn Henning zurückkommt."

GEFÄHRLICHES SPIEL

Der alte Seebär war schon nach kurzer Zeit zurück und berichtete. „Der Kapitän der *Merluza* hat gesagt, dass er einen Touristen an Bord hat, der vor der Cala Rocho fischen will. Das ist, wenn ich mich nicht irre, ein paar Seemeilen die Ostküste hinauf."

Flink kletterte er in seine Kajüte hinunter und kam gleich darauf mit einer dicken Seekarte zurück. Er breitete sie auf den Schiffsplanken aus, und die drei knieten davor nieder.

„Hier in der Nähe muss es sein ...", murmelte er und fuhr mit dem Zeigefinger an der Küste Mallorcas entlang. „Aha, da haben wir es schon! Cala Rocho. Nach der Karte sind an dieser Stelle viele kleinere und größere Buchten. Eigentlich der ideale Ort, um sich zu verstecken, wenn man das will." Er erhob sich schwungvoll, faltete die Karte zusammen und wollte gleich aufbrechen.

„Sie sagten aber doch, der Wind sei noch zu schwach“, warf Jennifer ein.

Henning winkte ab. „Für diesen Fall habe ich einen kleinen Außenbordmotor. Den nehme ich natürlich nur im Notfall her, weil meine *Windsbraut* dieses stinkende Teil nicht mag. Aber, ich schätze, jetzt ist so ein Notfall. Weiter draußen werden wir dann schon genügend Wind haben, sodass wir Segel setzen können.“ Er musterte Marko und Jennifer prüfend. „Herrschaften, jetzt müssen wir in einem Schnellkurs aus zwei Landratten zwei Leichtmatrosen machen. Ihr tut nur das, was ich euch sage, dann wird schon nichts schief gehen. – Schwimmen könnt ihr doch, oder?“

Die beiden versicherten ihm, dass Wasser ihre zweite Heimat sei.

Henning bat die Geschwister nun, sich zunächst auf das Deck zu setzen, damit er das Ablegemanöver durchführen konnte. Dann sprang der Alte von Bord und löste die beiden Leinen, mit denen die *Windsbraut* an der Anlegestelle vertäut war.

Zurück an Bord, nahm er eine Stange und stieß das Boot vom Steg ab. Langsam drehte die *Windsbraut* ihren Bug zum offenen Meer hin.

Henning kam zum Heck und startete den Außenborder, der schon nach kurzer Zeit losknatterte. Der Skipper schnappte sich die Ruderpinne und steuerte das Segelboot sicher durch das Hafenbecken. Ein paar Minuten später befand sich das Boot im offenen Fahrwasser und steuerte aufs Meer hinaus.

„Ich möchte erst in freieres Gewässer kommen, bevor ich in Richtung Osten fahre", erklärte der alte Segler mit erhobener Stimme, weil er das Motorengeräusch übertönen musste. „Die Seekarte zeigt in Küstennähe Untiefen an, denen ich ausweichen will."

Obwohl das Mittelmeer nur schwachen Seegang hatte, konnten die beiden frisch gebackenen Leichtmatrosen jetzt deutlich das Schwanken des Schiffes spüren. Jennifer wurde ganz flau im Magen.

Als sie die Küste bereits ein Stück weit hinter sich gelassen hatten, legte Henning das Ruder um und nahm Kurs nach Osten. Jetzt fuhren sie parallel zur Küste.

Plötzlich hob der Kapitän prüfend den Kopf, dann winkte er Marko zu sich. „Übernimm bitte mal das Ruder", bat er. „Es kommt Wind auf. Ich werde jetzt Segel setzen."

Marko nahm seinen Platz ein und packte die Ruderstange. Er war ganz aufgeregt. Schließlich war er nun alleine für das ganz Boot verantwortlich!

„Du musst nur die Küste im Auge behalten“, erklärte ihm Henning, „dann kannst du nichts falsch machen.“

Mit geübtem Griff löste der Seemann die Bindungen der Segel, mit denen sie an den Masten befestigt waren. Ein paar Minuten später konnte er die weiße Leinwand hochziehen, die sich sofort im Wind blähte.

Die Geschwister spürten, wie ein Ruck durch das Schiff ging. Es legte sich ein wenig zur Seite, dann schoss es pfeilschnell über die Wellen.

Zufrieden lächelnd übernahm Henning wieder das Steuer. Mit einem Griff stoppte er den Motor, der hustend verstummte. „Den brauchen wir jetzt nicht mehr“, brummte er. „Jetzt könnt ihr mal sehen, was meine alte *Windsbraut* so draufhat!“

Jennifer verzog das Gesicht. Sie war eigentlich gar nicht so scharf darauf, die Möglichkeiten des Schiffes näher kennen zu lernen.

Einige Zeit später bat Henning Marko, ihm

sein Fernglas aus der Kajüte zu holen. Damit suchte der alte Seebär in regelmäßigen Abständen das Meer nach der *Merluza* ab. Es waren zahlreiche Segelschiffe und einige Fischkutter zu sehen. Doch nach der *Merluza* hielt er vergebens Ausschau.

„Wir müssten jetzt eigentlich auf der Höhe von Cala Rocho sein", stellte er später fest. „Vielleicht sollten wir wieder etwas näher an die Küste heranfahren. Es könnte ja sein, dass das Boot in einer der Buchten liegt. Dann wäre es von hier aus nicht zu erkennen." Er drückte die Ruderpinne von sich weg und das Boot legte sich auf die Seite. Der Bug zeigte nun in Richtung Küste. Jennifer klammerte sich am Hauptmast fest. Gut, dass ich noch nicht gefrühstückt habe!, dachte sie.

Sehr zu Jennifers Erleichterung barg Henning eines der großen Segel, worauf die *Windsbraut* wieder langsamer wurde.

Etwa eine halbe Seemeile von der Küste entfernt, glitt das Boot über die tiefblaue See. Marko hatte das Fernglas an sich genommen und stand auf dem Aufbau über der Kajüte neben dem Hauptmast. Er ließ die Küste nicht mehr aus den Augen. Irgendwo musste das gesuchte

Fischerboot doch stecken! Oder er hatte sich wirklich getäuscht, und sie hetzten einem Phantom hinterher.

Marko hielt die Linse des Fernglases auf einen bestimmten Punkt in der Nähe der Küste gerichtet. Sie fuhren gerade an mehreren nebeneinander liegenden Buchten vorbei. Vor einer der Buchten konnte der Junge ein Schiff erkennen, das anscheinend keine Fahrt machte. Auf den ersten Blick entsprach es der Beschreibung, die ihnen der alte Segler gegeben hatte: Es war weiß und sah ziemlich neu aus. Es schien so, als würde es vor Anker liegen.

Marko verständigte Henning.

Der übergab das Steuer Jennifer und kam zu Marko herüber. Er starrte einige Zeit durch das Fernglas, dann sagte er: „Du könntest Recht haben. Wir werden noch mehr Fahrt zurücknehmen und näher rangehen."

Er ergriff wieder die Ruderpinne und richtete den Bug in Richtung Küste aus. Danach übernahm Marko erneut das Steuer, während Henning weitere Segelleinwand barg. Nun war nur noch ein kleines Segel am Bug des Schiffes aufgespannt. Das Boot war nun deutlich langsamer.

Während sie sich der Küste näherten, betrachtete Henning konzentriert die Uferlandschaft. Schließlich entschied er: „Wir werden die angrenzende Bucht ansteuern. Dort kann ich eine ganze Menge Badegäste erkennen. Es gibt da außerdem einen Steg, an dem schon drei Segelboote liegen. Wenn wir an dieser Stelle anlegen, werden wir kaum Aufmerksamkeit erregen."

Er eilte zur Ruderpinne und legte das Steuer um. Angespannt kaute er auf ein paar Haaren seines Oberlippenbartes herum.

Marko und Jennifer waren ebenfalls ziemlich nervös. Was sollten sie tun, wenn sie wirklich auf die *Merluza* gestoßen waren?

Die Badegäste am Strand nahmen, wie Henning vorausgesagt hatte, von der *Windsbraut* kaum Notiz. Allerdings kam ein Mann von einem der anderen Segelboote herbei, kaum dass Henning sein Anlegemanöver beendet hatte. Es entspann sich ein kurzes Gespräch, das auf Spanisch geführt wurde.

Marko und Jennifer verstanden kein Wort. Schließlich wandte sich der Mann um und ging zu seinem Boot zurück.

Henning schob die Kapitänsmütze in den

Nacken und kratzte sich an seinem weißen Haarschopf.

„Tut mir Leid, Leute, aber der Bursche hier hat mir zwar freundlich, aber bestimmt erklärt, dass ich hier nicht liegen bleiben darf. Die Bucht und der Steg gehören zu einem Hotel, das hinter den Dünen liegt. Der Liegeplatz hier ist für ein Segelboot reserviert, das gerade ausgelaufen ist. – Was sollen wir nun machen?"

Marko überlegte fieberhaft. Jetzt waren sie schon so weit gekommen. Da konnten sie doch unmöglich umkehren! Da fiel sein Blick auf die vertäuten Mountainbikes. „Warten Sie, ich hab eine Idee: Jennifer und ich gehen mit den Bikes an Land. Sie können dann wieder ablegen und bekommen keinen Ärger. Wir beide fahren über die Dünen zur Bucht, vor der das Schiff liegt. Wir stellen die Räder ab und schwimmen zum Schiff hinaus. Das ist bestimmt nicht auffällig, weil hier doch überall Leute baden. Wenn wir wissen, ob es die *Merluza* ist, schwimmen wir wieder zurück. Wir können dann mit unseren Bikes zu dem Hotel fahren und im *Club Paradiso* anrufen. Dann sollen Maria und Remo entscheiden, was weiter geschieht."

Henning sah ihn einen Augenblick zweifelnd an. „Könnt ihr wirklich so gut schwimmen? Ich möchte nicht, dass ihr euch in Gefahr begebt."

Die Geschwister lächelten. „Wir haben schon Schwimmhäute, so oft sind wir in den Ferien schon im Gardasee herumgeschwommen. Da kommen wir auch im Mittelmeer zurecht. Außerdem liegt das Fischerboot nicht weit vom Ufer entfernt. – Das ist wirklich kein Problem!"

Der alte Seebär war beruhigt. „Ich werde allerdings nicht davonsegeln", entschied er dann. „Ich fahre nur ein Stück weiter hinaus und gehe dort vor Anker. Ich suche mir eine Stelle, von der aus ich das Schiff mit dem Fernglas im Auge behalten kann. Im Notfall kann ich über mein Funkgerät die Küstenwache verständigen. Die hat hier in der Nähe bestimmt eine Station."

Die drei klatschten sich gegenseitig in die Hände, dann wurden die Räder abgeladen.

Die Geschwister winkten noch einmal kurz zurück, dann schoben sie ihre Bikes über den Steg zum Strand.

Als Jennifer einen Blick zurückwarf, war die

Windsbraut schon wieder auf dem Weg aufs offene Meer.

Schnell ließen die beiden die Badezone hinter sich und fuhren in die Dünen. Von hier aus konnten sie das Hotel sehen, zu dem der Strand gehörte.

„Wir müssen die Räder drüberheben", meinte Marko, als sie einen Zaun erreichten, der offenbar das Privatgrundstück des Hotels vom übrigen Land abgrenzte. Er stieg ab. Während seine Schwester ebenfalls das Hindernis überwand, warf Marko einen Blick auf die Uhr: Es ging langsam auf die Mittagszeit zu. Wahrscheinlich würde sich Andrea bald Gedanken machen. Sie mussten sich beeilen.

Mit den Rädern taten sie sich in den Dünen schwer. Immer wieder wickelte sich Strandhafer um die Radnaben und musste entfernt werden. Schließlich erreichten sie eine Stelle, von der aus sie in die Bucht blicken konnten. Jetzt war auch klar, warum dort keine Badegäste lagen. Der Abstieg war felsig und steil.

„Wir müssen da runter, da hilft alles nichts", stellte Marko fest und ließ seinen Blick über den Abhang gleiten.

„Da vorne könnte es gehen", meinte Jennifer

und deutete auf einen schmalen Pfad, der zwischen den hohlen Halmen des Strandhafers kaum zu sehen war.

Mit den Rädern hatten sie hier keine Chance. Sie legten die Bikes ins Gras und kletterten zu Fuß hinunter. Mehrmals rutschten sie aus und schlitterten ein Stück den Abhang hinab. Endlich waren sie am Ziel.

Die Bucht war nur schmal und verdiente ihren Namen kaum. Marko rannte zum Strand und blickte auf das Wasser hinaus. Das weiße Schiff lag genau am Eingang der Bucht vor Anker. Da es mit dem Heck zum Strand wies, war der Name nicht zu erkennen.

„Ich schwimme hinaus, du wartest besser hier auf mich", meinte Marko und zog sich die Schuhe von den Füßen.

„Du tickst wohl nicht richtig, Mr. Macho", gab Jennifer erbost zurück. „Behandle mich gefälligst nicht wie ein kleines Kind. Selbstverständlich schwimme ich mit!"

Marko wusste, dass es keinen Sinn hatte, mit Jennifer zu diskutieren. Wenn sie sich etwas in den Kopf gesetzt hatte, führte sie es auch aus.

Beide hatten keine Badesachen an, deshalb

sprangen sie mit ihren Shorts und den T-Shirts ins Wasser. Marko legte gleich ein zügiges Tempo vor, was Jennifer allerdings in keiner Weise beeindruckte. Auch sie schwamm wie ein Fisch.

Bald hatten sie das Fischerboot erreicht. Die Geschwister kraulten in sicherer Entfernung auf der Stelle.

An Bord des Schiffes war Bewegung zu erkennen. Es handelte sich um einen Mann, der kurz an Deck zu sehen war, dann aber gleich wieder aus ihrem Blickfeld verschwand. Er hatte die beiden Köpfe im Wasser offenbar nicht entdeckt.

„Von hinten kann man nichts erkennen", seufzte Jennifer. „Wir müssen auf die Seite hinüber."

Eine Minute später konnten sie den Bug des Bootes erkennen. Deutlich war die Aufschrift *Merluza* zu erkennen.

„Was machen wir jetzt?", flüsterte Jennifer.

„Wir müssen herausfinden, ob Tino an Bord ist. Ich werde hinüberschwimmen und versuchen, einen Blick aufs Deck zu werfen. Seitlich am Schiff habe ich vorhin eine Leiter gesehen, die ins Wasser hing. – Du bleibst im Wasser und wartest dort auf mich. Es geht bestimmt ganz schnell."

Er schwamm sofort los, weil er nicht riskieren wollte, dass Jennifer erneut Protest einlegte.

Kurze Zeit später hatten die beiden die Leiter erreicht.

Ohne zu zögern, stemmte sich Marko in die Höhe und kletterte die wenigen Stufen empor, bis er vorsichtig über den Rand der Reling spähen konnte. Er hatte schon Angst gehabt, dass jemand von der Besatzung das laute Plätschern hören würde.

Als er niemanden entdeckte, fasste er sich ein Herz und schwang sich auf die Schiffsplanken. Sofort huschte er zu einem Metallkasten, der in der Mitte des Decks befestigt war. Wenn er sich zusammenkauerte, bot der Kasten ihm genügend Deckung.

Eine rasche Bewegung neben ihm ließ ihn zusammenfahren. Glück gehabt! Es war nur Jennifer, die sich an seiner Seite auf die Knie niederließ.

„Du solltest doch unten warten!", fauchte Marko sie wütend an.

„Vier Augen sehen mehr als zwei", antwortete seine Schwester kühl und spähte über das Deck.

Marko atmete tief durch. Zurückschicken konnte er sie nun jedenfalls nicht mehr. „Wir gehen am besten hier entlang“, flüsterte er und deutete an der Seite des Aufbaus vorbei. Vom Wasser aus hatte er gesehen, dass sich alle Aufbauten direkt auf dem Deck befanden. Wahrscheinlich wurden die Laderäume für den Fang benötigt. Wenn er Recht hatte, mussten sich hier auch die Kabinen des Kapitäns und der Mannschaft befinden.

Plötzlich hörten sie Laute. Es waren die tiefen Stimmen zweier Männer, die sich auf Spanisch unterhielten. Dann knallte eine Tür, und es wurde still.

Marko gab seiner Schwester einen Wink, dann huschte er los. Dicht hinter sich hörte er Jennifers Atem.

Sie kamen an einer Tür vorbei, in der sich ein rundes Bullauge befand. Marko richtete sich aus seiner gebückten Haltung auf und warf schnell einen Blick hinein. Er erspähte einen menschenleeren Raum. An einer Wand erkannte er zwei Kojen. Beide waren leer.

Die Geschwister schlichen weiter. Plötzlich

blieb Marko stehen und legte Jennifer die Hand auf den Arm. Auf dem Deck war die erhobene Stimme eines Jungen zu hören. Sie kam von der anderen Seite des Aufbaus. Sie war den beiden blinden Passagieren nur allzu vertraut. Es handelte sich eindeutig um die Stimme von Tino!

Markos Herz schlug wild: Er hatte mit seiner Vermutung doch Recht gehabt.

Der Junge schien über etwas sehr erregt zu sein, denn er schien ganz heiser. Eine tiefe Stimme antwortete ihm, deren Besitzer anscheinend auch ziemlich zornig war. Tino sprach sehr schnell in einer Mischung aus Italienisch und Englisch. Sein männlicher Gesprächspartner antwortete in einem Mischmasch aus Spanisch und Englisch.

Marko und Jennifer konnten wegen des Winds von dem Streit nur ein paar Wortfetzen aufschnappen. Aber die waren eindeutig: Die tiefe Männerstimme sprach von „food for the fishes", von „more money" und „killed many of them".

Die beiden Lauscher waren so geschockt, dass sie völlig vergaßen, auf ihre Umgebung zu achten.

Da packte plötzlich jemand Marko am Arm und riss ihn in die Höhe. Erschrocken blickte er in das finstre Gesicht eines Mannes, der eine schwarze Wollmütze trug. Er hatte einen schwarzen Oberlippenbart. Über seine Wange zog sich eine lange Narbe.

Jennifer schrie auf, denn der Typ hielt sie mit der anderen Hand fest. Er besaß so viel Kraft wie ein Schraubstock. Er rief ein paar spanische Wörter, die sehr bedrohlich klangen. Dann zerrte er die beiden sich sträubenden Geschwister in Richtung Bug. Dort klopfte er gegen die Tür des Steuerhauses. Ein ebenso finster dreinblickender Mann mit einer schwarzen Schiffermütze auf dem Kopf musterte Marko aus tief liegenden, dunklen Augen.

Der Typ, der Marko geschnappt hatte, gab eine längere Erklärung ab, dabei deutete er immer wieder auf Marko und Jennifer und dann hinaus aufs Meer.

Ein Wort tauchte immer wieder in seiner Rede auf: „Bandidos".

Der Mann aus dem Steuerhaus, offenbar der Kapitän des Schiffes, erteilte nun einige Befehle, worauf der Matrose die beiden Gefangenen das Deck entlangführte. Wenig später öffnete er eine schwere Metalltür und stieß die beiden in die dahinter liegende Kajüte. Die Tür schlug hinter ihnen zu, ein Riegel wurde vorgeschoben. Durch das schmutzige Bullauge in der Tür drang gedämpftes Licht.

„So ein Mist!", schimpfte Marko. „Bist du in Ordnung?"

„Ja, ich glaube schon", erwiderte Jennifer. Ihre Stimme klang nicht mehr so selbstsicher wie noch kurz zuvor.

„Wir sind hier offenbar in einem Geräteraum eingesperrt", stellte Marko fest, während er aufmerksam die vielen Werkzeuge betrachtete, die an den Kajütenwänden vor den Kojen befestigt waren. Der Junge drückte gegen das Bullauge in der Tür. Doch das Glas bewegte sich nicht.

„Tja, wie's aussieht, sitzen wir hier in der Falle", meinte Jennifer. „Wer weiß, was diese Typen mit uns vorhaben ..."

„Wir müssen hier aber raus", beharrte Marko. „Und das schaffen wir auch!"

„Aber wie willst du das anstellen?", fragte Jennifer zweifelnd. „Die Tür ist aus Metall! Und du bist nicht gerade Arnold Schwarzenegger!"

„Warte, ich habe da eine Idee ...", erwiderte der Junge nachdenklich. Er musterte die verschiedenen Werkzeuge, dann entschied er sich für einen schweren Hammer. Prüfend wog er ihn in der Hand. „Wir machen jetzt Folgendes: Ich schlage mit dem Hammer gegen die Tür. Das wird einen fürchterlichen Krach machen. Bestimmt kommt dann einer von den Typen angelaufen. Die Tür geht nach außen auf: Wenn wir ihm also entgegenspringen, sobald er öffnet, wird er sicher überrascht sein. Die Schrecksekunde müssen wir nutzen. Wir rennen so schnell wie möglich zur Reling und springen ins Meer. Wenn wir erst mal im Wasser sind, schwimmen wir in verschiedenen Richtungen zum Strand. So kann hoffentlich wenigstens einer von uns beiden entkommen. Bis sie einen von uns wieder eingefangen haben, hat der andere bereits das Land erreicht."

Jennifer hatte ihre Zweifel. Trotzdem war sie einverstanden.

Die Hammerschläge hallten über das ganze Schiff, denn die Metalltür wirkte wie ein großer Gong. Es dauerte nur Minuten, bis die Tür von außen aufgerissen wurde. Es war der Kapitän.

Ehe der Mann reagieren konnte, stürmten die beiden Gefangenen laut schreiend auf ihn zu. Völlig überrumpelt prallte er zurück gegen die Reling. Dabei geriet er mit seinem Knie zwischend Markos Beine, der daraufhin stolperte und gegen den Brustkorb des Mannes prallte. Für Jennifer war so der Weg frei.

Doch als sie bemerkte, dass ihr Bruder in Schwierigkeiten war, zögerte sie.

„Spring!", rief Marko der Schwester zu und versuchte, sich aufzurichten.

Aber da war die Lähmung des Kapitäns vorbei. Blitzschnell packt er Marko am Arm.

„Los, spring!", schrie der Junge verzweifelt, weil Jennifer noch immer an der Reling stand.

Schließlich sprang sie kühn über das Geländer. Einen Augenblick später tauchte sie ins Wasser. Mit kräftigen Kraulzügen entfernte sie sich vom Schiff.

Der Kapitän brüllte einige für Marko unverständliche Befehle über Deck, dann packte er den Jungen und zerrte ihn zu einer Ladeluke, die in die Deckplanken eingelassen war. Er öffnete die Klappe und versetzte Marko einen Stoß. Marko fand sich auf einer Treppe wieder, die in ein finsteres Loch hinunterführte. Erst taumelte er, dann sprang er mit einem Riesensatz hinunter, weil der Mann die Klappe wieder zufallen ließ.

Marko hatte genug gesehen, um zu wissen, dass er sich in einem leeren Laderaum befand. Es war finster wie die Nacht. Marko kauerte sich auf dem Boden nieder. Jetzt saß er endgültig in der Falle.

Wieder musste er an die Wortfetzen denken, die er kurz zuvor aufgeschnappt hatte. Er hatte schon viele Krimis gesehen. Deshalb konnte er sich ohne weiteres ausmalen, was der Mann mit „Fische füttern" gemeint hatte.

Ein kalter Schauer lief ihm über den Rücken. An Tino hatten die Burschen ja ein Interesse, weil sie für ihn Geld erpressen konnten. Für Marko galt das nicht. Bei seinen Eltern war nichts zu holen. Daher konnte er nur hoffen, dass Jennifer schnell Hilfe herbeiholen konnte.

Er hatte den Gedanken kaum zu Ende gedacht, als der Schiffsmotor losheulte. Wenig später zeigte das Klappern der Ankerkette und das Vibrieren des Schiffes an, dass die *Merluza* Fahrt aufnahm. Marko war wie gelähmt. Er konnte sich vorstellen, warum sie losfuhren.

Wahrscheinlich wollte der Kapitän versuchen, Jennifer einzuholen. Wenn ihm das gelang, war alles aus!

Jennifer schwamm, so schnell sie konnte, fort vom Schiff. Sie hatte Angst, dass ihr eines der Besatzungsmitglieder folgen würde, um sie wieder einzufangen. Doch ein Blick zurück beruhigte sie.

Einige Zeit später hörte sie den Motor des Schiffes starten. Zu diesem Zeitpunkt war sie aber schon so weit entfernt, dass sie keine Angst mehr hatte, eingeholt zu werden.

Am Strand angekommen, eilte sie zu den Dünen und kletterte den Abhang hinauf. Mehrmals rutschte sie aus, sodass sie sich die Knie aufschürfte. Die Bikes lagen noch an der Stelle, wo die Geschwister sie zurückgelassen hatten.

Jennifer überlegte noch, ob sie direkt in das Hotel fahren sollte, um die Polizei zu verständigen, verwarf den Gedanken dann aber wieder. Wenn sie, nass wie sie war, in der Halle auftauchte, würde man sie wohl gleich wieder hinausweisen. Außerdem konnte sie kein Spanisch. Deshalb schlug das Mädchen den Weg zum Steg ein. Obwohl sie vom Schwimmen erschöpft war, trat sie kräftig in die Pedale. Henning hatte doch versprochen, dass er warten würde.

Am Wasser angekommen, atmete sie erleichtert auf: Die *Windsbraut* schaukelte draußen auf den Wellen.

Jennifer legte am Ende des Stegs ihr Bike auf die Holzbohlen und sprang mit einem Satz ins Wasser. Ein paar Minuten später schlug sie an der Bordwand des Segelbootes an.

Der alte Seebär hatte sie schon von weitem kommen sehen. „Was ist los?", fragte er, während er Jennifer an Bord half. Hastig erzählte sie ihm von ihren Erlebnissen.

Henning machte ein grimmiges Gesicht. Sofort eilte er in die Kombüse und schaltete sein Funkgerät ein. Schnell hatte er die nächste Küstenstation alarmiert.

Als Marko in seinem Gefängnis die Sirene der Küstenwache hörte, fiel ihm ein Stein vom Herzen. Er hoffte, dass es den Entführern nun endlich an den Kragen gehen würde.

Kurze Zeit später hörte er eine Lautsprecherstimme. Er verstand zwar die Worte nicht, konnte sich ihre Bedeutung aber denken. Nach einer Weile wurde das Geräusch des Schiffsmotors schwächer, die *Merluza* stand still.

Jetzt hörte Marko polternde Schritte an Deck, kurz darauf wurde der Lukendeckel aufgerissen. Geblendet blinzelte der Gefangene ins Sonnenlicht.

Als er an Deck trat, entdeckte er sofort das Schnellboot der Küstenwache, das an der Backbordseite der *Merluza* festgemacht hatte. Mehrere uniformierte Beamte standen entlang der Reling des Fischerbootes. Sie hielten Waffen in den Händen.

Der Kapitän und der Matrose, der Marko gefangen hatte, standen mit erhobenen Händen am Aufbau. Ein Offizier der Küstenwache stand vor ihnen und redete auf sie ein.

Plötzlich kam ein Ruf von der Steuerbordseite. Die *Windsbraut* kam längsseits. Henning stand an seiner Ruderpinne und rief etwas auf Spanisch hinüber. Jennifer stand neben ihm. Marko atmete auf.

Der Offizier erteilte einen scharfen Befehl. Daraufhin eilte ein Beamter auf die andere Seite des Fischerbootes und half Henning, das Segelboot an der *Merluza* festzumachen.

Marko ließ den Blick über das Deck des Fischerbootes gleiten. Er machte sich noch immer Sorgen. Tino war nirgendwo zu sehen. Hatten die Entführer dem Jungen etwas angetan, bevor die Küstenwache sie stoppte?

Da die *Windsbraut* tiefer lag als das Fischerboot, mussten Henning und Jennifer über die Treppe hochklettern. Kaum war der alte Segler an Bord, begann er auf den Offizier einzureden. Die Diskussion war heftig, auch die festgenommenen Seeleute mischten lautstark mit.

Schließlich gab der Offizier einen weiteren Befehl. Zwei seiner Männer machten sich unverzüglich daran, das Schiff zu durchsuchen.

Gerade als sie auf eine der Kajütentüren zusteuerten, geschah etwas völlig Unerwartetes: Sie ging auf und Tino kam mit verschlafenen Augen an Deck.

„Was ist denn hier los?", fragte er völlig verwirrt und starrte auf die Waffen der Küstenpolizisten.

Alle starrten Tino an, als wäre er ein Gespenst.

Nach dem ersten Schreck baute sich der Offizier vor dem Jungen auf und bombardierte ihn mit Fragen. Tino zuckte nur mit den Schultern und schwieg. Anscheinend wollte er nichts verstehen.

Irgendwann wurde es dem Offizier zu dumm, und er brach die Aktion ab. Er rief einige Kommandos über Deck. Daraufhin wurde der Kapitän der *Merluza* und sein Matrose in Handschellen auf das Schnellboot der Küstenwache gebracht. Einer der Beamten übernahm das Steuer der Schiffes.

Marko sah Henning fragend an.

„Wir müssen jetzt alle zur Station der Küstenwache", sagte der alte Mann. „Der Offizier glaubt, dass man die Vorfälle nur an Land klären kann. Während der Rückfahrt wird er einen Funkspruch absetzen, damit die Leute im *Club Paradiso* verständigt werden. Sie sollen ebenfalls zur Station kommen."

Marko und Jennifer stiegen auf die *Windsbraut* hinab. Sie wollten mit Henning fahren.

Im Büro der Küstenwache entstand ein fürchterliches Chaos. Alle Beteiligten drängten sich in dem kleinen Raum und redeten laut durcheinander.

Die beiden Seeleute von der *Merluza,* die sich mittlerweile von ihrer Überraschung erholt hatten, protestierten lautstark gegen ihre Verhaftung.

Henning hingegen versuchte den Offizier davon zu überzeugen, dass es sich um eine Entführung handelte.

Marko erzählte Jennifer, was sich während ihrer Abwesenheit auf dem Schiff zugetragen hatte. Nur Tino verhielt sich, entgegen seiner sonstigen Gewohnheit, sehr still.

Der Polizeioffizier wusste nicht mehr, wem er Glauben schenken sollte. Mit lauter Stimme gebot er den Anwesenden zu schweigen.

Dann befahl er auf Englisch, dass alle Beteiligten, mit Ausnahme von Jennifer und Henning, verhört werden sollten, damit die Angelegenheit in Ruhe geklärt werden konnte.

Das hatte Marko noch gefehlt! Er hatte wirklich keine Lust, noch mal festzusitzen. Erst auf dem Schiff und jetzt gar in einer Zelle!

Er überlegte gerade, wie er sich aus dieser Situation herauswinden sollte, als die Tür aufging.

Ein elegant gekleideter Mann trat ein und sah sich um. Schlagartig verstummten alle Gespräche. Tino wurde kreidebleich.

Als Marko und Jennifer Remo und Maria in

seiner Begleitung erblickten, war ihnen klar, um wen es sich handelte.

Andrea kam als Letzte. Sie warf Jennifer und Marko einen besorgten Blick zu. Die Geschwister winkten beruhigend.

Der Fremde musterte die Anwesenden, dann wandte er sich Tino zu.

„Hallo, Papa!", sagte der Junge kleinlaut.

Herr Rappata legte seinem Sohn die Hand auf die Schulter, dann fragte er im besten Spanisch, wer hier die Verantwortung habe. Henning übersetzte halblaut für Jennifer und Marko.

Der Offizier erklärte kurz die Situation, dann bat er Herrn Rappata, seinen Sohn zu fragen, ob er nun entführt worden sei oder nicht. Die beiden Seeleute würden die Tat heftig bestreiten.

Herr Rappata drehte sich zu Tino um und stellte ihm dieselbe Frage auf Deutsch. Alle Augen waren nun auf den Jungen gerichtet.

Tino machte ein gequältes Gesicht. Schließlich schüttelte er den Kopf.

Ein Raunen ging durch das Büro.

Herr Rappata sah seinen Sohn streng an, dann nahm er den Offizier beiseite und flüsterte ihm etwas zu. Der zögerte kurz, dann nickte er. Daraufhin verließen Tino und sein Vater den Raum.

Es dauerte einige Minuten, dann kamen beide wieder herein. Herr Rappata schaute sehr ernst und setzte sich. Tino war knallrot angelaufen und begann sofort zu erzählen. Remo übernahm die Rolle des Übersetzers.

„Was ich getan habe, tut mir sehr Leid", stotterte der Junge. „Die Entführung war so eine blöde Idee von mir, weil mein Vater mich gezwungen hatte, diese Clubferien zu machen. Außerdem ging mir die ständige Überwachung auf die Nerven. Die *Merluza* habe ich ordnungsgemäß gechartert. Mit der Kreditkarte, die mir mein Vater kurz vor der Abreise nach Mallorca gegeben hatte, war das kein Problem. Der Kapitän hatte keine Ahnung, dass ich im Club einen gefälschten Erpresserbrief hinterlassen hatte. Ich habe ihm gesagt, ich würde gerne auf See fischen. Außerdem habe ich ihm gesagt, dass ich schon sechzehn sei. Es ... es tut mir wirklich alles sehr Leid."

Zunächst herrschte betretenes Schweigen. Dann redeten plötzlich alle wild durcheinander.

Schließlich ergriff Herr Rappata das Wort:

„Ich muss mich ebenfalls entschuldigen. Ich werde selbstverständlich für alle Unannehmlichkeiten aufkommen. Den beiden mutigen Kindern", dabei sah er Jennifer und Marko an, „und dem Kapitän der *Windsbraut* möchte ich für ihren tapferen Einsatz ganz herzlich danken. Schließlich konnten sie nicht wissen, dass Tino diese Entführung nur vorgetäuscht hat. – Um alle Beteiligten für den ausgestandenen Schrecken zu entschädigen, lade ich sie zu einem großen Festessen im *Club Paradiso* ein. Ich würde mich freuen, wenn Sie alle heute Abend meine Gäste wären."

Damit war das Abenteuer zu Ende. Anzeige wurde nicht erstattet. Der Kapitän der *Merluza* hatte Marko und Jennifer eingesperrt, weil er dachte, die beiden hätten sich an Bord geschlichen, um zu stehlen. Eine verständliche Reaktion. Die Beamten der Küstenwache ließen die Sache ebenfalls auf sich beruhen. Schließlich war niemandem etwas passiert.

Nun fing für Jennifer und Marko der Urlaubsspaß an – Abenteuer hatten sie genug erlebt.

Herr Rappata hatte sich ein paar Tage freigenommen, um sie zusammen mit seinem Sohn im Club zu verbringen. Er stellte sich als angenehmer Gast heraus, der gerne Sport trieb und bei keiner Party fehlte.

Andrea, Jennifer und Marko bildeten jetzt mit Tino ein eingespieltes Team, das im Bogenschießen sogar einen Preis gewann. Erstaunt stellten die Geschwister fest: Mit dem alten Ekelpaket konnte man richtig Spaß haben!

COMPUTERKIDS
auf heißer Spur

SERIE
VON THOMAS FEIBEL

Computer-Kids
(Band 1)
Chaos im Hightech-Park

Computer-Kids
(Band 2)
Bankräuber im Netz

Computer-Kids (Band 3)
Cybergold City

Computer-Kids (Band 4)
Spione im Spiel

Computer-Kids (Band 5)
Die Jahrtausend-Falle